大魚讀品
BIG FISH BOOKS

让日常阅读成为砍向我们内心冰封大海的斧头。

生活教会我

美国第一夫人埃莉诺·罗斯福
写给年轻人的生活之书

You Learn by Living

[美]埃莉诺·罗斯福/著　　唐磬/译

北京联合出版公司
Beijing United Publishing Co.,Ltd.

图书在版编目（CIP）数据

生活教会我 /（美）埃莉诺 · 罗斯福著 ；唐磬译
. -- 北京 ：北京联合出版公司，2018.1（2018.9重印）
ISBN 978-7-5596-1330-1

Ⅰ. ①生… Ⅱ. ①埃… ②唐… Ⅲ. ①随笔－作品集
－美国－现代 Ⅳ. ① I712.65

中国版本图书馆 CIP 数据核字 (2017) 第 294205 号

生活教会我
作　　者：〔美〕埃莉诺 · 罗斯福
译　　者：唐磬
责任编辑：熊娟

北京联合出版公司出版
(北京市西城区德外大街 83 号楼 9 层　100088)
河北鹏润印刷有限公司印刷　新华书店经销
字数 116 千字　880 毫米 ×1230 毫米　1/32　印张 7.5
2018 年 3 月第 1 版　2018 年 9 月第 2 次印刷
ISBN 978-7-5596-1330-1
定价：45.00 元

前 言

这些年来，我曾收到过成百上千封信——现在每天也有一百封。大部分来信都是咨询如何解决各种问题，从五花八门的个人问题到当下和未来的世界性问题。这些信加总在一起，提出的是这样一个问题：你从生活中学到了什么，来帮助你解决各种难题？

当然，没有人拥有这种智慧。没有人能用一句话给出答案，也没有人找到终极解决方案。可这些问题却是我们在生活中都会遇到，并且必须以某种方式作答的问题。当然，由于生活本身仍在继续，仍旧充满变动，这种回答不必是终局性的。这些信使我不得不停下来思考其中的一些问题，试着找到我自己的答案，找到我从生活中学到了什么。

当一个人试图坦言他对人生问题的看法时，似乎很有可能将自己的答案当成唯一答案或是最好答案。当然，若真是如此，则他的看法毫无意义。我不会给出这种无所不包的回答，我只会给出一些建议，多年经验证实这些建议对我自己有所帮助，它们或许也能使别人免于陷入我曾陷入的困境，犯下我曾犯下的错误。或许人们其实只能从自己的错误中学习。无论如何，生活的关键在于不断学习。

学习和生活。这其实是一码事，难道不是吗？没有哪段经历没法从中学习。当一个人停止了学习，也就停止了有活力和有意义的生活。归根结底，生命的目的，就在于生活其中，在于尽可能地去体验，去热情探索，毫不畏惧更新和更丰富的经历。

要做到这点，一个人必须拥有好奇心，拥有永不停歇的冒险精神。一个人只有对过往经历有所了解，它们才拥有意义。而只有当一个人对自己有一定了解，他才能理解这些经历。这种自我了解建立在自律的基础之上，而这种需要有意培养，不会轻易取得的自律能力，将教会你驱散恐惧，释放自我，充分体验生命之旅。

我曾参加过大量活动，也曾与形形色色的人们相处（这是最好的一点）。我曾见过人们转败为胜，见过人们克服恐惧，获得坚强与自由，见过人们将空虚的生活变得丰富而硕果累累。

这令我对人类充满敬意。在生活的挑战面前，一个人几乎可以重塑自己。

文字并非阐释人生观的最好方式，一个人的信念体现在他做出的选择中。这些我从生活中所学到的道理，有些我确信无疑，也有些拿捏不准。不过，至少有一点我深信不疑：从长远来看，我们的生活是由自己决定的，而塑造我们自身的，也是我们自己。这一自我塑造的过程持续不断，至死方休。除此以外，我们做出的所有选择，最终也都由自己承担。

写于海德公园

1960 年 1 月

导读

该怎样生活？

读埃莉诺·罗斯福的《生活教会我》

在我生命最黑暗的一段时间，我必须靠激励我的书活下去，在这些如我生命之粮的书中，有一本是埃莉诺·罗斯福的《生活教会我》（*Eleanor Roosevelt: You Learn by Living*）。

埃莉诺·罗斯福是美国历史和世界人权历史上一个有独特贡献的女性。从美国历史上看，她改变了美国“第一夫人”的作用。在她之前，美国“第一夫人”的主要工作是照顾总统以及主持社交活动。自从埃莉诺·罗斯福成为“第一夫人”后，“第一夫人”不再是总统的附庸，而是独立的政治家。埃莉诺·罗斯福以“第一夫人”的名义，举办新闻发布会，到各地演讲，写报纸专栏，发表自己的政治和生活见解，有的时候她的观点甚至与自己的丈夫不同。

埃莉诺·罗斯福现在被誉为“改变了美国历史的伟大女性”。她是美国历史上任职时间最长的总统富兰克林·罗斯福（在职期间

1933－1945）的夫人。她于1884年出生在纽约一个富有的家庭，叔叔是美国第26任总统西奥多·罗斯福（1901年任职）。可是她的童年却非常不幸，首先她长得不漂亮，她的母亲曾经多次叹息：你长得不好看，将来怎么办呢？从小她就意识到一个女人的外貌将决定她的一生。也许是因为这个压力，她非常不自信，十分害羞。不幸接踵而来，八岁母亲病逝，九岁父亲酗酒去世，作为一个孤儿，成为一个无人疼无人爱长得不漂亮的女孩子，被送到英国的一所寄宿学校学习。

1902年夏天埃莉诺在火车上遇到了远亲，比她大两岁的富兰克林·罗斯福。他们开始通信并于第二年的冬天秘密订婚，可富兰克林的母亲坚决反对这门婚姻，独生儿子是哈佛大学生，仪表堂堂，有着远大的前途。这位控制欲极强的母亲带着儿子去加勒比海度假，希望分离能让这对情侣断绝关系，但富兰克林和埃莉诺顶住了母亲的压力，于1905年结婚。富兰克林从来没有见过如此聪慧的女性，他被她的智慧折服了。

婚后十年，埃莉诺连续生了六个孩子。繁忙的生育让她思考母亲的意义，她切身地体会到，女人并不是生来就做母亲的，做母亲是社会构建与自己学习的过程。与此同时，她的丈夫政治上的前途越来越远大，而丈夫在感情上的背叛也让她深深地体会到有自己独立事业的重要性。跟丈夫分居后，他们成为政治上的伴侣，埃莉诺致力于为穷人、少数民族、有色人种、女性争取权利，同时支持丈夫的政治生涯。在富兰克林患病瘫痪后，她坚决相信他可以竞选总统，并帮助他竞选，她相信罗斯福将成为美国穷人的代言人。

富兰克林·罗斯福于 1933 年当选美国总统，埃莉诺也成为“第一夫人”，这个地位给她所从事的事业带来更大的可能，她成为极为活跃的政治家，被誉为“全世界的第一夫人”。1945 年丈夫去世后，她是美国驻联合国代表中唯一的女性，主持并起草了联合国发布的《世界人权宣言》。这部宣言从出现的那天起，就成为世界人民解放与自我解放的旗帜，“人权”这个概念从此成为现代世界最具权威性的道德理念。埃莉诺对“人权”这个理念在今天世界上的地位，有着独一无二的贡献。

在孤独的少年时代，读书是她在这个孤独的世界里最大的安慰。我猜这也是她成年后不停地写书的根源之一。她是美国总统夫人中写书写得最多的人，给后代人留下了巨大的精神财产。她的书都很好读，写得亲切动人，犹如谈家常。

《生活教会我》这本书出版于 1960 年。这是她生命最后的日子里写的一本书，这是一个生活经验丰富的祖母告诉我们生活智慧的书，告诉我们该怎样生活的书。在黑暗、绝望的日子里，我读这本书，好像在暗夜里看见了一盏明灯，获得了继续生活的勇气。

这本书共有十一个章节，在序言里，埃莉诺这样解释人生：“没有哪段经历没法从中学习。当一个人停止了学习，也就停止了有活力和有意义的生活。归根结底，生命的目的，就在于生活其中，在于尽可能地去体验，去热情探索，毫不畏惧更新和更丰富的经历。”

这本书的目的是给那些在生活中失败的人以信心、力量和重新站起来的方法。人生最大的经验，以她七十六岁的年纪，她说是“体验人生到极限”，好的也罢，坏的也罢，不要怕失败，不要怕痛苦。而体验人生，最重要的是好奇心、兴趣、想象力和对生活的探索精神——这是孩童教育最重要的方面；这也是让我们的一生永远成长的秘方。“生活之所以有意思是因为它是成长的过程。”不论你的年龄有多大，你在生活中首先要学会的，是学习的能力。埃莉诺说，她常常收到年轻女性来信说，我的生活的目的就是丈夫和孩子，难道我还要懂得更多吗？“女人应该读书，那些激起了你共鸣的思想，才造就了你。”当然，读书是学习，跟不同的人交往也是学习。

埃莉诺认为每个人人生中最大的敌人，不是别人，而是你自己的恐惧。克服恐惧是最难学的，但又是最有必要的。“每一次与恐惧的正面对决都会让我们收获力量、勇气与自信。你可以这样鼓励自己：只要这次能做到，下一次也能做到。必须去尝试那些自认为做不到的事情。”“没有一个人可以让你觉得你不如他，除非你允许他这样做。”

这本书还给了我们很多具体的生活建议，这些建议里充满了智慧和幽默。埃莉诺谈到怎样利用时间，怎样使自己对他人有用，怎样不停地调整生活，怎样做一个独立的个体，怎样跟人交往时让他人表现出最好的那一面，怎样负责任，怎样参与政治，改变社会中不合理的方面，建设一个更好的、更人道的社会。

埃莉诺·罗斯福是世界女性的榜样——怎样生活，怎样工作，怎样在最困难的时刻坚持下去，怎样在我们短暂也漫长的生命里活出意义，这本书给我们的，是一个女儿、妻子、母亲和祖母的宝贵的人生经验。

沈　睿

旅美作家，学者

著有《假装浪漫》《荒原上的芭蕾》《想象更好的世界》等

目录

01 学会学习 - 001

02 恐惧——伟大的敌人 - 027

03 如何利用时间 - 049

04 成熟的不易 - 069

05 永无止境的自我调整 - 083

06 成为有用之材 - 101

07 成为独立个体的权利 - 119

08 如何知人善用 - 143

09 正视责任 - 163

10 个人如何参与政治 - 185

11 如何做好公职人员 - 209

埃莉诺和父亲埃利奥特·罗斯福，1889 年。

01

学会学习

从身边的每件事情学习，从习得的每个知识中学习，从拥有的每段经历中学习，从遇见的每个人身上学习。你所学的每样东西都不会白费。

“您是如何规划自己的职业，又是如何做的准备？”在我收到的来信中，这是最吸引我的问题之一。我一直认为自己并不适合回答这个问题，因为我从未规划过什么职业，也从未做过什么准备。直到今天，我也不认为自己有过一份职业。我所做的，就是充分体验人生的每段经历。

回顾过去，我发现早年间对我影响最大的，是一股尽可能深入了解一切的渴望，哪怕还没意识到自己在做什么，这股渴望也非常强烈。

不满五岁时，我曾和父母一起前往意大利。在威尼斯，我与父亲一同乘坐平底舟，父亲还花钱请船夫唱歌助兴。当时恰逢某个节日，到处都有人在抛撒鲜花。我至今仍记得那段旅行。即使在那么小的时候，我也有意识地将这段乘船之旅当成一段人生体验。

与父亲共处的每段时光都令我记忆犹新。我还记得与他一起站在维苏威火山口，他往火山口里扔了一块硬币，结果那块硬币沾着火山岩又弹回来了。这让我既兴奋又惊奇。他带我穿过遗迹，将一块面包化石指给我看，又向我讲起那段消失已久的文明。对我来说，那段历史并未消亡，而是在父亲的讲述中生动如初。在父亲的介绍下，那些曾在这里生活的古人们仿佛就生活在我的身边。

我从自己的经验中认识到，对儿童教育而言，最重要的是让孩子拥有好奇心、兴趣、想象力以及对生活的探索精神。没有哪门课会专门教这些东西，但正是这些品质使我们学有所得，使我们充满热情，使我们不断追求新鲜体验，追求对生活的深入了解。也正是这些品质使我们不断成长，不断学习，直至生命的最后一天。

当然，这里所说的学习，其含义比所谓正规教育要宽泛得多。没有人能掌握他需要的所有知识。教育提供了教会我们如何学习的工具。而各种教育开发的目的，就在于让每个人掌握获取信息的方法。

我还记得自己学会如何学习时的一些重要事件。我很小时就开始了记忆力训练。那时我热爱诗歌，经常趁穿衣脱衣时背诗。在我很年轻的时候，还有一位法国女老师，教我们用法语大段背诵《新约全书》。后来我在英格兰的一所法国学校上学时，发现当年的那段经历非常有用。那位法国女老师会让我们听她朗诵法语诗歌，大约八行，然后让我们复述。我一开始完成得并不好，后来渐渐掌握了技巧，复述得还算不错。

这位女老师还教授历史。尽管我们当时只有十五六岁，她却以大学教授对待学生的方式对待我们。她要求我们沿她家壁炉两侧的小椅子坐成两排，壁炉上方挂有几幅地图。由于地理对历史的影响作用，我们讲到哪里的历史，她就会在地图上指出相应的地理方位并让我们牢记。她还会给我们开出阅读书单，将她认为在我们理解范围内的不同观点告诉我们。我们则需按要求完成阅读和写作业。

一同上课的英国姑娘们倾向于记下她说过的话，直接用在作文里。我至今还记得当一位英国女孩大声朗读自己的作文时，手持长尺站在旁边的她一手拿过作文，撕成碎片。

“你这是把我教的东西又还回来了。”她说，“我对你这篇作文一点也不感兴趣。你没有用自己的头脑思考这个问题。要不是为了独立思考，人为什么要拥有头脑？”

对我来说，从不同角度思考，找到一个苏维斯特小姐没有提过，甚至在书里也没被提过的新论点成了一项挑战。当我读书时，脑中出现的各种问题令我兴奋不已。我至今还记得将作文交给苏维斯特小姐后，收到她批改的评语时的那股兴奋劲儿。她的评语通常是：“想得不错，不过是不是漏了这点？”

这是一种极富创造力，又很有价值的教育方法。

我们在家和学校接受教育，最重要的是，我们从生活本身接受教育。学习应当贯穿我们的一生。生命总是在不断变动，要么前进，要么后退。只有当一个人在不断成长时，生活才会有趣；换句话说，只有当我们仍对生活怀有兴趣时，才能取得成长。

近几年，教育界曾就应给孩子什么教育以及如何教育展开大量争论。过去的教育体系只有两个目的：训练头脑，以及向年轻人提供有关历史、哲学和艺术的背景知识。

近年来，杜威的强大影响使得上述目标有所改变。根据杜威的理论，向孩子教授一般性知识并非那么重要。教育的重点在于把学到的知识与孩子身边的真实世界联系起来。杜威教育的目的就在于向孩子阐释他在日常生活中感到、见到、接触和经历的一切。

说到底，杜威的这种进步主义教育并不试图将孩子引向他不愿去的地方。孩子不会被逼着遵守什么准则，除非他自己乐意去做或认为值得去做。

两种教育方法各有其价值。当然，将孩子与周围世界联系起来，让他对周围事物及其运转方式有所了解非常有益。在我看来，仅仅向孩子们传授知识远远不够。在探讨教育的内容时，我们首先必须承认，没有人能掌握某门学科的所有知识。教育的重点在于能力的培养，包括信息收集能力的培养、学习能力的培养。如果一个孩子未来要学习某门外语，他接受的训练应使他能静下心钻研这门语言。如果他要进行某种研究，他首先应接受有关如何研究的训练。仅仅上手做几次研究是不够的。他必须掌握研究的方法。

通过训练，让孩子可以像使用工具一样灵活运用自己的头脑，自主获取他所需要的知识，这是教育的本质。不过，知识归根结底只是教育的一小部分，只是整个文明的一小部分。

我时常会收到一些年轻女性的来信，她们要么嫁了有着不同背景的丈夫，要么丈夫事业上升得太快，导致这些年轻妻子们对丈夫所处的文化环境感到陌生。

“我该怎么做，”她们问我，“来融入丈夫的家庭和朋友圈？我该学些什么？”

我尽最大努力回答她们的疑问，不过这恐怕远远不够，仅凭开个书单就让别人掌握某种文化是很难的。我让她们至少读一些经典著作，一些希腊哲学的今译本和一些古希腊戏剧。除此之外，还可以读一些历史、艺术、哲学方面的书或人物传记；经典小说也应有所涉猎。所有这些都会扩展她们的知识背景，至少让她们对历史上的文化脉络有所了解。

但是，这还远不足以回答她们的问题。从长远来看，有价值的并非是一个人读了什么书，而是独立思考并吸收了什么东西，是通过阅读激发的那些想法和感觉。正是你自己的想法，独立思考得出的那些想法，使你成为一个有意思的人。

单凭书本教育无法实现这一目标。在读书之外，还要与别人交流，通过交流来补充和激发新的想法。特别是要向别人学习。只要用心观察，每个人身上都有值得学习的地方。

年轻时我就发现，自己没有接受过像很多美国孩子那样的正式教育。但是母亲做了一件后来让我受益终身的事情，我当时并没有意识到。她为我找了位法国保姆，这使我在学会英语前先学会了法语。就这样，我同时掌握了两门语言，尽管后来很长时间没有用过法语，但只要回到法语的语言环境，我很快就能捡起来。

双语背景让我喜欢上了语言。尽管像很多孩子一样，地位重要的拉丁文让我感到无聊，我也不觉得恺撒的《高卢战记》有多好看，但我后来发现，拉丁文基础对语言学习很有帮助。

我在英国和法国接受过三年教育，在此之前，我上的是那种小班授课。总体来说，国外的教育还不错，某些方面甚至达到了大学水平。不过和国内相比还是很不一样。

回国后，我发现自己的知识储备有很多不足。我很早就结婚了，婚姻将我领入一个完全不同的世界，我开始认识各种各样的人。发现自己的这个不足后，我会促使别人谈论他们感兴趣的话题，自己则边听边学习。很快，我就掌握了不少请别人谈论自己想法的技巧。这件事不仅相当有趣，也使我对许多领域有所了解，在这之前，我完全没有任何途径来了解这些领域。当然，最妙的一点在于，它打开了一扇通往浩瀚的新知识和新体验的大门。

通过别人来激发自己的兴趣——在我看来，这是效率最高、最有收获的教育方法之一。你要做的只是去寻找这个兴趣点。这会让每段经历都成为一种挑战，并使人永葆好奇——好奇心是一个人最宝贵的品质之一。

露丝·布莱恩·罗德[①]有次分享了一个她的人际交往方法，她说如果自己不知道邻座的兴趣爱好，就会捋字母表来找共同语言，从“A”代表的“蚂蚁”(ants)开始。“琼斯先生，您对蚂蚁的生活有兴趣吗？”即使对方对蚂蚁毫无兴趣，这种开场白也会让人忍俊不禁，眼前一亮。

初听这个办法，我觉得很有意思，但估计自己用不上。没想到，这个办法后来真的将我从一顿死寂的午餐中拯救出来。

---

① 露丝·布莱恩·罗德 (Ruth Bryan Rohde)，1885—1954，她是美国南部的第一位女性国会议员，也是第一位在重要的国会委员会任职的女性。

那是在波士顿。威尔逊总统在一次会议上提出了国际联盟[②]条约的初稿，这次会议之后，我和丈夫与威尔逊总统夫妇一同飞抵波士顿。卡尔文·柯立芝州长[③]夫妇接待了总统夫妇。这时，我们突然接到一个通知，说威尔逊总统那天下午要做一个演讲，无法按原计划与州长共进午餐，改由罗斯福和我代为前往。

午餐会上，罗斯福和柯立芝在桌子的另一端相谈甚欢，柯立芝非常健谈，也很亲切。而我的餐伴除了低声嘟囔以外一言不发。我按字母表把各种话题试了个遍，不过连柯立芝州长也没被我的话所吸引，更别提这位餐伴。无论我挑起的话题多么不可思议，她都丝毫不为所动。

我还记得，当我把字母表全部试过一遍之后，我们一言不发地用完甜点。我感到非常不舒服，这位餐伴倒挺高兴。她不觉得有必要和别人说话，宁愿一个人安静地用餐。

---

② 国际联盟（League of Nations），是第一次世界大战后成立的国际组织，宗旨是减少武器数目及平息国际纠纷。第二次世界大战后被联合国所取代。

③ 卡尔文·柯立芝（Calvin Coolidge），美国第30任总统，1919年至1920年担任马萨诸塞州州长。

“为什么”——这是孩子们常用的一个绝妙的词。每个孩子都会问这个问题。如果他们停止发问，通常是因为没有人回应，没有人呵护这份对周围世界的好奇心——这是人类最重要的品质之一，没有人培养和发展他们与生俱来的探索精神。

每个孩子的“为什么”都应得到尊重，得到用心的回答。如果你不知道问题的答案（实际情况通常如此），那就带着孩子一起寻找答案。答案也许就藏在字典或百科全书里面，即使孩子年龄小还不会自己翻书也没关系，至少他会有共同寻找答案的参与感。

“为什么”是孩子们学习了解世界的唯一方法，如果你对孩子们热切的提问置之不理，报之以“我不知道……别来烦我，没见我正忙着吗”这种回答，或者以“什么蠢问题”这种更差的方式回应，会导致非常糟糕的结果。如果孩子的好奇心得不到满足，问题得不到回复，他可能就会停止发问。到他二十几岁时，他已停止思考世界上的那些未解之谜。这是好奇心已死的表现。

正是好奇心、对世界的兴趣以及对于体验人生的渴望，激励着人们去认识和理解生活。这三者带来的乐趣让人可以将生活中的一切都当成一场历险。没有探索精神，人生无非是无聊地打发时间。而有了这种精神，无论身体或经济上受到怎样的限制，任何事都能令人兴致满满。事实上，如果缺乏这种兴致，一个人几乎很难继续学习，更别提持续成长。

我时不时会因听到某个熟人的死讯而感到惊讶，因为在我的印象里，这个人早就死掉了。当然，实际情况是他（她）只是停止了精神成长。与此同时，另外的一些人，即使面临重重困难也未曾停止成长。写到这里，我尤其想起我的一位姨妈——考勒斯太太。她患有严重的关节炎，双腿瘸得没法走路。每天早上穿好衣服之后，她就会被抬到一把椅子上，一直坐到晚上再被抬上床睡觉。

后来，她的听力也开始衰退，很快就几乎全聋了。当时还没有现在的这种机械助听器，她面前的桌子上摆有一个简陋的盒子，任何人要想和她说话，必须对着这个盒子大喊才能让她听见。

她完全可以变得对外界漠不关心、自怨自怜，万事依赖身边的人，只对自己的事情感兴趣。但她没有这么做。相反，家里的所有年轻人都愿意不辞万里来看望她。她面前的那个盒子，承载过他们的各种秘密、困扰、疑惑和焦虑，而她永远以耐心回应这些年轻人。

她没有让这种痛苦成为自己或他人的负担。她将所有注意力都转而放在这些年轻访客身上。她真诚地对待他们，努力去了解他们，理解他们的难处，帮助他们找到解决问题的方法。她有着非凡的理解力和智慧，待人友善又极富同情心。她还有一个更为难得的品质——善于聆听。

我们都有过这种沮丧的经历：你原本想找人倾诉一下，结果对方要么没在专心倾听，要么想着别的事情，要么等着谈论他（她）自己的问题。但你可以放心地向我的这位姨妈倾诉，你会感到她确实在用心听你说话，确实在试图理解你的处境。如果你需要建议，她会动用所有智慧来帮助你。

这一点非常难得。很多年长的人自以为无所不知——在与年轻人相处时尤其如此。他们从不和年轻人讨论问题，只是单方面陈述自己的想法。而我的这位姨妈却始终保持着灵活的头脑，尽管她早已失去了身体的灵活性。

如今，很多当年曾向她寻求建议和理解的年轻人已然老去，但当生活中遇到难题时，他们仍会猜想她会说些什么，建议些什么，时常因得不到她的回答而失落。

是什么让她如此优秀，让她有能力帮助这么多人？我想，唯一的解释就是她从未失去过好奇心，她对世界的兴趣从未减退，仍在探索和迎接新的人生体验。没有这些，她不可能不断成长，不断加深自己的理解力。她也不可能在双腿都不能动的情况下，仍然保持一颗快乐的心。

她的妹妹，道格拉斯·罗宾逊太太是一位诗人。尽管没写过什么传世名作，但她写的有些东西我至今仍很喜欢，她对自己喜欢的事情有着非凡的洞察力。“一战”期间，她曾写过一首关于考勒斯姨妈的诗，概括了她的一生[④]。诗的题目是“痛苦的士兵”。

你的战场，不在枪林弹雨的壕沟，
不在平原，
你受到敌人的轰炸，却始终平静，
并不因此心生敌意，
痛苦的士兵！

---

④ 选自《柯瑞恩·罗斯福·罗宾逊的诗集》，由斯克里布纳出版社出版。

高昂着头，勇敢地笑对每一天，
笑对极度的痛苦；
未来，怎样的赞美，
才能补偿你遭受的一切？

从辗转反复的痛苦长夜，
到漫长白日，
充满痛苦的白日，令人心碎的
与痛苦斗争的白日。

曾几何时，这个国度的爱国者们，挺身而出，
战斗，如今已长眠——
而你——无畏地——面对更为艰难的命运，
你敢于不死！

生活教会我，如果你对生活怀有兴趣，不必刻意去寻找新的爱好，它们会主动来找你。就像指北针自动指向北方一样，它们会自动被你所吸引。因此，用不着正襟危坐，刻板地规划兴趣爱好，你要做的只是保持好奇开放的心态，保持对于丰富人生体验的渴望。此外，如果你真心对某件事情很感兴趣，它往往也会神奇地将你引向其他事情。

在我看来，教育最重要的成果体现在这样一种学习能力：

从身边的每件事情学习，从习得的每个知识中学习，从拥有的每段经历中学习，从遇见的每个人身上学习。无论学到的知识多么零碎，无论看上去距离最终目标多么遥远，你所学的每样东西都不会白费。我学过的东西最后都派上了用场，而且往往是在意想不到的场合，以始料未及的方式发挥作用。

人们经常问起我是如何对政治感兴趣的。我通常的回答是受到叔叔——西奥多·罗斯福——和丈夫的影响。而事实上，我真正开始对政府和政治产生兴趣，源自婚礼过后与丈夫前往欧洲时的一个小小意外。

当时，我们与罗纳德·弗格森和他的太太海伦女士住在一起。海伦的父亲是一位国会议员，她的丈夫则曾经担任苏格兰的掌玺大臣和澳大利亚总督。海伦对政治很感兴趣，她也参加了大量政治活动。

有天下午，当我走进客厅喝茶时，同在客厅的海伦抬起头对我说："我有个问题，一直想问你们美国人。你们的州和联邦政府到底是个什么关系？"

我一下被问住了。没人教过我美国政府如何运作。幸好我丈夫当时也走进客厅，我转而对他说："亲爱的，海伦太太想知道州和联邦政府之间的关系。”

他详尽地回答了海伦的问题。这件事使我真实感受到自己知识储备的不足。我决心尽快弄清美国政府的运作方式，避免再出现这种尴尬局面。

富兰克林很了解我的这个知识盲点，回答海伦的问题时，他向我使了一个眼神。那次他帮我救了场，不过几天后在苏格兰北部高地的道尔小屋，他自己也出现了类似的问题。那次我们是与弗格森的母亲和她的儿子赫克托先生一同前往小屋度假。弗格森一家邀请由我宣布一个当地花展的开幕，我则因为在公开场合说话从未超过五个词，不敢承担这个重任，改由我丈夫代劳。他欣然接受了任务，没想到在开幕式上，有人问他美国人如何烹调蔬菜，这个问题让他有些措手不及。

他迅速回答说，我们用奶油烹饪所有蔬菜。他竟然把这种答案直接说了出去，说给苏格兰高地的人们！我没来得及阻止他。随后，他又对这个答案做了一番渲染，详细解释了这种做法的优点。演讲结束后，人们稀疏的掌声让他吃了一惊。事后我跟他说，我们算是打了个平手。

一边生活，一边学习——这种学习方法会使生活更有乐趣，反过来又会进一步激发你的兴趣。周围的一切都会让你兴趣盎然。

现在，肯定有人要不以为然地说：“你跟我们不一样。你的生活本来就很有趣，可在我们这个城市，我们家，我们这儿——”

这种话让我又想起我的那位姨妈，她只能一动不动地坐在那把椅子上，日复一日地待在那个房间里，她的耳聋可以将她与世界轻松隔绝。但生活并没有放弃她，生活仍旧选中她，甚至还需要她的参与。

人类或许从未像今天这样需要动用全部好奇心，像今天这样需要探索一切新知，像今天这样需要认识到知识永无止境。现如今，我们生活中的一切几乎都是全新的。在这种情况下，没有人承担得起停止学习、停止探索、无视新生事物的后果。

如果我们能够保持开放的头脑，保持对于新知的热情，我们就能容纳世界各地的新思潮，探索和评估各种新的观念。

我们绝不能故步自封，不能认为自己已经了解了一切，认为所有看法已然成形，不能拒绝改变，拒绝了解新生事物。现在不能有这种想法，以后也不能。

每一代人都认为上代人的世界更为简单。维多利亚时代的一些科学家改变了那个时代对于世界和人类自身的认识，那时的人们（至少部分人如此）即使自己拒绝这些新的观念，也认为自己所处的时代已经掌握了有关政治、历史、经济、科学、社会价值和阶级制度的所有知识，抵达了一个完美、不变的世界。如今，这个世界在哪儿呢？

现如今，学习和生活需要并驾齐驱。在遇到新问题时，每一个新的知识，每一段新的经验，都会是解决问题的有力工具。我们需要动用一切资源来了解新的形势和新的问题。

如果这听上去负担沉重，说明你没有抓住问题核心。学习可以像游戏一样有趣。想象力通常就像是游戏。我们可以分析一下何为想象力。想象力就是以已知为起点，然后超越这个已知领域去思考新的情况、新的想法，最终在头脑中形成从未见过的全新事物。

由于经验太少，孩子们更多依靠想象。他们天生就生活在想象的世界里。我的童年并不快乐，所以我比大部分孩子更早认识到快乐时光的重要性。像很多不开心的孩子一样，我活在自己的想象世界里，在那里，所有事情都能按照我的想法安排，我也是这个世界里唯一的女主角。父亲通常是这个想象世界里的男主角。他很英俊，也很有魅力。那时，父亲在我眼中简直完美无瑕。有很多年，我心中的白马王子就是父亲那样。在略显灰暗的童年生活里，与父亲共度的时光却是那么鲜亮而清晰。我全身心地投入和他共处的时光，以至于从中学到的一切，都成了我生活的一部分。

很多年，我一直生活在那个想象世界里面，在那里与父亲生活在一起。那时我很孤独，父亲是我最爱的人，我能感受到他也爱我。那时我每天会给自己讲一个故事，而这已是我生活中最真实的一部分。不知有多少个下午，我翘掉家庭教师的课，沿着第五大道滑旱冰，只是为了免受外界干扰，安静地给自己讲故事。

我还算有些素材来搭建这个想象世界。我出过国，在城市和乡村都生活过。我见过很多人，都是父母的朋友。最重要的是，我有着父亲写给我的信——他很少能和我待在同一座城市里——在这些信中，他历数了许多要和我一起去做的美好事情。

父亲在我九岁时就去世了，而在想象世界里一切照旧。父亲生前经常说起我们一起远行的事情，我就编了很多和他旅行的故事，并从读过的书中寻找素材编织细节。

对孩子来说，想象力起到一种防御作用。他可以借此逃离现实。想象力令自我变得重要。如果运用恰当，这种能力会使人日后更容易换位思考，更容易想象别人的想法和感觉。想象力也能使人保持好奇，保持了解周围世界的渴望。

当然，它也可能仅仅被用来逃离现实，但若加以一定的开发和引导，它完全可以成为点亮新事物、新想法、新知识的一束火把。

如果能够成长在一个让想象力得以发展的家庭，如果家人有各种智识上的爱好：音乐、业余绘画或是文学作品（或许还有朗诵），哪怕只是交流彼此的读书心得，对于孩子来说都非常幸运。

相反，在缺乏交流的家庭环境中成长将是孩子的巨大损失。尽管家人多多少少都会讨论一些生活琐事或日程计划，但是，家里也应是讨论思想的地方，应是讨论世界趣闻、科学或考古界的最新发现、国内外焦点问题及解决方案的地方，以及讨论任何能让孩子感受到生活的精彩，让孩子愿意探索生活的话题的地方。

我丈夫很乐意与儿子们讨论问题，这点一直令我感到欣慰。尽管他常常一句话就能驳倒孩子们，不过这种热烈讨论会激起每个人的热情。直至今日，孩子们仍会相互辩论，相互交流想法和意见，并在这种交流中共同成长。

良好沟通不仅是家庭生活的重要部分，也是教育工作的重要部分。在这种环境里长大的孩子，无论进入学校或是走上工作岗位，都能更好地表达自己的想法，也能更好地吸收知识。

这种教育能不断推进孩子对世界的认识，不断促进孩子深化思考并表达自己的想法，不断增加孩子对于体验人生的热情。

除了良好沟通对孩子的激励，以及通过分享读后感、聆听各种音乐进行潜移默化的教育以外，让孩子身边充满美的事物也很重要，这将在不知不觉中培养孩子的品位。

当然，没必要为此在家里摆上古典大师的原画或稀有珍贵的艺术品。花很少的钱就能买到复制品。在法国，当我沿着香榭丽舍大街朝协和广场散步时，路边玩耍的孩子让我不止一次想到，法国文化之所以形成，可能正因为这些孩子能在这个由昔日宫殿、人物雕像和历史记忆组成的环境中玩耍。他们在这里踢球，这里也成了他们成长背景的一部分。踢球的孩子不久便会知道谁是拿破仑，谁是圣女贞德，他们的雕像就竖立在他每天往返公园的路上。尽管这时他可能更喜欢木偶戏，但他已经无意识地吸收了周围环境对他的影响。而一个国家的文化就这样逐步形成。

孩子会潜移默化地受到生长环境的影响。多年前，当我为瓦尔－基尔（Val-Kill）⑤打造家具时，我把打好的一部分家具送给孩子们，放在他们自己的屋里，以便结婚时他们能有一些自己的家具。家具是美式复古风格的。有趣的是，得到这些古董家具的仿制品后，孩子们开始主动观察起家具的末道工序、木质之美以及组装方法。如果某个抽屉是用螺栓连接而非用钉子固定，他们立刻就会注意到。在这方面，他们变得很有鉴赏力。

---

⑤ 瓦尔－基尔（Val-Kill），在富兰克林·罗斯福的故居斯普林伍德庄园以东大约两英里，为埃莉诺·罗斯福深深喜爱。那里包括两个建筑，一处是埃莉诺·罗斯福与另外两名女性朋友搭建的石屋，是埃莉诺·罗斯福的度假别墅，也是罗斯福一家休闲和招待宾客的地方。另一处是埃莉诺·罗斯福与这两位女性朋友建造的家具作坊，其目的是向因农业衰退导致的失业村民提供工作。1936 年，当作坊在大萧条中关闭时，埃莉诺将这里打造成了一个居所，罗斯福去世后，她搬入这里居住。1977 年，吉米·卡特总统将瓦尔－基尔定为“埃莉诺·罗斯福国家历史遗址”，这是美国唯一一个为第一夫人设立的历史遗址。

当然，除了确保孩子周围充满美的事物以外，也要确保他理解这些事物。孩子可能有着大人完全猜不到的疑惑。

不久前，我的孙子柯蒂斯陪我前往海德公园[⑥]的托儿所视察。托儿所的墙上挂有一幅西奥多·罗斯福的照片。

柯蒂斯后来承认，泰迪[⑦]叔叔的这张照片让他困惑了很多年。他知道自己的祖父是美国总统，但人们却说照片里的人才是美国总统。这让他非常不解。他试着自己搞明白这件事，却始终想不通，但他从没跟别人说起过这个困惑。

对于持续教育来说，最重要的一点大概就是开发孩子们知其所见、懂其所知的能力。很多人终其一生，对周围世界置若罔闻。他们不懂得如何观察。一个人只有学会如何观察，才能真正去了解他人，了解自己所在的环境，了解自己所处的地方。

多年前，消费者联盟曾请我帮他们做一个百货公司的调研。

⑥ 一个叫作海德公园的小镇，位于纽约上州。

⑦ 西奥多·罗斯福的昵称。

调研结束后，我提交过一份报告。但事后证明，那份报告毫无价值。

消费者联盟向我提出了一系列问题：“百货公司的柜台后面有没有摆凳子？没有顾客的时候，女性售货员是可以坐一会儿，还是要站一整天？”

尽管我去过很多次商场，也曾见过这些柜台后的售货员们，但我从没想过她们可能一整天都没法坐下休息。因此并未留意这点。就算是看到了这个现象，我也不理解它的含义，除非有人告诉我这有什么意义。

当我逐渐真正观察起周围的事物，试着去理解它们时，生活中的每件事情都变得更加有趣，也更有价值。这就像以三维视角去看一张二维的照片，看待问题有了更多的深度。

如果一个人拥有一定的洞察力和理解力，如果他能够根据新知调整自己的知识结构，他就能活到老，学到老，终生成长，并乐在其中。

埃莉诺和富兰克林以及他们的头两个孩子，1908 年。

02

恐惧——伟大的敌人

正如每个人或早或晚都会发现的，我意识到自己有两个选择：要么学会处理这些状况，要么被它们打败，整天提心吊胆有问题发生。

在我看来，恐惧是每个人都要面对的最大的一块绊脚石，也是一个巨大的障碍物。回顾过去，我自己一直深受其折磨，我的童年和青年时代就是一场与恐惧的长期战斗。

我小时候非常胆小，怕黑、怕老鼠，几乎怕一切东西。随后的许多年里，我逐渐学会了正视恐惧，克服恐惧，拥有了与恐惧不断作战的勇气。尽管这一过程痛苦而艰难，但只有这样，我才能从恐惧中解脱出来。

克服恐惧——在一个人一生学会的各种知识里，这是最难掌握的一个，也是回报最高的一个。无论付出多少代价，无论当时的过程多么痛苦，每一次克服恐惧的胜利，都会在下一次给人以信心和力量。

就我自己而言，自我克制是克服恐惧的唯一方法。如今，教育圈经常讨论应该给孩子制定多少纪律。我不清楚他们的结论，但我知道，自己给自己制定规则是唯一有效克服恐惧的办法。我很早就不得不痛苦地明白了这个道理。

我七岁起就由外婆抚养长大。由于过于宠溺自己的孩子，她认为应该对我和弟弟严加管教，让我们从小就学会听话。她一直施行着这套对孩子多加否定，少予肯定的理论。

在外婆的观念里，每天洗一次冷擦浴可以预防感冒，所以我多年来一直洗冷擦浴。她认为我有义务保持自己的身体健康，如果得了感冒或害头疼，那纯粹是我自己的问题。这种斯巴达式的教育有些极端，不过我得承认，即使是现在，我也认为自己有责任保持身体健康。

所有这些都是外婆要我们遵守的规矩。我很快就发现，如果自己想做什么事情，最有可能听到的词就是“不行”。这种情况下，我只好学会用自我克制来保护自己，如果不想失望，就不要告诉别人自己想要什么。

事实上，很多东西我都想要，我想被爱，想被人喜欢。我很小时就知道自己是一只丑小鸭，没能继承姨妈或母亲的美貌。因为太想得到别人的认可和喜爱，这种深深的渴望使我不得不克制自己的这些想法。尽管这种克制能力对我日后很有帮助，但我不得不比大多数人更早地学会这个能力。

我必须做出一个艰难选择：一方面，做什么事都让我害怕；另一方面，我又想做些令别人喜欢我的事情。因此，我必须战胜恐惧。

还住在外婆在纽约 37 号大街的房子时的一件事情，让我至今记忆犹新。那天，我的一位姨妈病了，希望我从门外后院的冰盒里给她取些冰来。

我怕得浑身发抖，但又没法拒绝。如果我拒绝她，她就再也不会喊我帮忙，这让我更受不了。

我只好一个人摸黑走下三层楼梯，爬着穿过那个在夜里又陌生又可怕，似乎处处隐藏不祥之物的大房子。随后，我还要关上地下室的门，这更割断了我与房子和安全地带的联系。我就这样独自站在后院的黑暗之中。

那一整晚我都忍受着恐惧的折磨，但经过这件事，我也知道了自己有能力面对黑暗。自那以后，黑暗再也没让我那么害怕过。

外婆并不回答我小时候的许多疑问，这无意中给恐惧留下了生长空间。她从不向我解释任何事，但允许我随便读图书馆的藏书，那里有不少好书。我对那些神学著作不感兴趣，尽管我至今还记得古斯塔夫·多雷[①]为《圣经》所画的插画当时给我带来的恐惧感。

我从狄更斯一路读到司各特，当时的我还没法理解这些小说中的许多内容。尽管与年轻的姨父姨妈同住在一片屋檐下，他们并不觉得有必要向我解释生活是怎么回事。这使得我经常问一些令人尴尬的问题，自然也无人愿意回答。接下来，我手边的某本书会突然失踪。无论怎么找、怎么问，也没人承认见过那本书。那时我从没想过这是因为有人把书收起来了，总是

① 古斯塔夫·多雷（Gustave Dore），1832–1883。19 世纪法国著名版画家、雕刻家和插图作家。

闷头继续找。成年之后，当我重新翻开那些书，明白当时所读的内容以后，才明白为何没人愿意回答我的问题。

那时我的主要信息源是学校，同学们都是些教养很好的女孩子，很多东西我都是从她们那里知道的。我还记得有天放学回家，我问外婆：“‘妓女’是什么意思？圣经里有这个词。”

外婆很严肃地警告我：“小姑娘不能用这个词。”

后来，还是学校的朋友们告诉了我这个词的含义。

尽管可以随便读书，却理解不了这些书的内容，这进一步激发了我的好奇心。虽然很难说我的求知欲是受到外婆启发，但她的消极态度确实促使我去了解她不想让我知道的那些事情。

另一次，家人送我去参加一场教堂的义卖会，给了我一些买东西的零钱。我把这钱拿去买了一张《德伯家的苔丝》的戏票，我的姨妈们已经看过那部剧了，她们说我年龄太小，还不能看。

但是，不告诉孩子某件事情只有两种结果，要么让他感到沮丧，要么他决定自己寻找答案。后者的问题在于孩子经常因此感到内疚，感到自己在欺骗别人。

为了解释为什么在义卖会上一样东西也没买，我陷入了一连串的谎言中。最后，我发现坦白和接受惩罚比编故事还容易一些。家人警告我，偷窃和撒谎是不可原谅的错误。整整三天，没有任何人和我说话。对于一个迫切想得到爱的孩子来说，这是非常可怕的惩罚。

即使如此，在十五岁时住进国外的寄宿学校以前，出于恐惧，我还是会向家里人撒谎。至今我仍记得出国后发现自己不必担惊受怕，发现生活可以重新开始时的那种惊喜和解脱感。

那种担心招惹他人不快的恐惧感贯穿了我的大部分早年生活。婚后发生的一件事情又唤起了这种恐惧，当然，现在想来那时的反应实在有趣。事情缘起于富兰克林将他的一本珍贵手稿拿给我看。不知怎地，有一页被我撕掉了一点，我捧着这页纸，怕得直打寒战。我主动向富兰克林坦白了这件事。听我说完，他既疑惑又好笑地对我说："就算你没撕，有一天也许就被我撕了。书是拿来读的，不是拿来摆的。"我现在已记不得自己在恐惧什么，但是他的这番话大大地宽慰了我。自那之后，我开始能更成熟地应对这种害怕惹人不快的恐惧。

好在，每当我们与恐惧作战时，哪怕当时认为它不可战胜，哪怕在过程中受尽折磨，只要经受住痛苦，克服了恐惧，你会发现获得了更大的自由。一个人只要经受住一次这种考验，就可以经受住任何事情。每一次与恐惧的正面对决都会让我们收获力量、勇气与自信。

你可以这样鼓励自己：“只要这次能做到，下一次也能做到。”

拒绝面对恐惧、不敢与恐惧搏斗的做法非常危险。它带来的失败感会减损一个人的自信心。为了避免这种情况发生，你必须保证自己每一次都战胜恐惧，必须去尝试那些自认为做不到的事情。

像我们这一代的很多人一样，我从小就害怕精神病人，对这种疾病也缺乏真正的了解。“一战”期间，富兰克林担任海军的助理部长，我随他住在华盛顿。有一次，红十字会邀请我探访圣伊丽莎白医院，海军在那里有一个很大的基地，专门照料那些有暂时或永久性精神创伤的士兵。

我的第一反应就是自己干不了这事。精神病人让我感到非常害怕。但转念又想自己是助理部长的妻子，这是我的分内工作。无论能不能做到，我都必须去做。

第一次在医生的陪同下视察病房时，医生先打开门锁，等我们走进房间后，他又把门在我们的身后锁上。这让我非常惶恐，自己竟和精神病人锁在一起！我很想夺门而逃，但又为自己的这种想法感到羞愧，我不该表现出这种恐惧。

那是一间长长的病房，有些病人被关在隔间里，用链子锁在床上。整个病房回荡着一种奇怪的叫声。病人们都在自言自语，念叨着自己的事情，彼此之间没有交流。

病房尽头站着一位英俊的年轻男子，阳光穿过窗户，打在他金黄色的头发上面。他没有看我们，眼中无神，一心只想着自己的事情。他的嘴里始终在小声嘟囔着什么。

“他在说什么？”我问医生。

“他一直重复着在敦刻尔克要求大家撤回掩体的命令。”

“他能好过来吗？”

“不知道。”医生平淡地说。

我看着这个独自与痛苦作战的男人，为自己想象中的恐惧感到羞愧。克服这种恐惧意味着又要翻越一道心理障碍，但我必须这么做，至少我得不再感到害怕。

探访这座海军医院时，我学到了一件让我日后受益良多的事情。在医院，我经常遇见不同年龄段的女性，她们不得不面对完全想象不到的情况，不得不接受自己的丈夫或儿子因为战争受到了暂时甚至永久性的精神损伤。这些女性处理问题的方式各不相同，当然，大部分人都很勇敢，有些甚至非常勇敢。我经常被卷入一些病人的生活，也会持续关注一些出院后的病人。人们在这些看上去难以克服的不幸面前的种种表现，给我上了珍贵的一课。

想象中的恐惧。我们中的大部分人多少都受到这种恐惧的影响。从这个角度来讲，将恐惧建立在合理的基础上，与克服恐惧一样重要。不合理的恐惧常会给人们带来更多伤害。

胆小和害羞就是这种恐惧。也许有人觉得这不重要，但它们确实有损自信，并会阻碍成功。

……疑虑是我们的叛徒
畏惧尝试
令我们失去原本可以赢得的事物

我曾是个非常胆小怕羞的小姑娘。那段日子里，我整个人简直是半瘫痪的。后来，又是自我克制帮了我很大的忙。我必须学会与别人打交道，但只要还执着于恐惧（通常是害羞），我就没办法做到这点。后来我找到了一个解决办法：放下自我。如果你能放下自我，不去想是否给别人留下好印象，不去管人们怎么看你，反过来替别人着想，你就不会再感到胆怯。

全心全意做你感兴趣的事情，不去管别人是否在关注你，是否在批评你。他们很可能根本没有注意你，有的只是你自己的多虑。尽可能地忘我。如果一次做不到，就再试一次。说到底，没什么理由做不到这点。不要老想着自己。

帮我克服胆怯的两大功臣，分别是内心的冒险精神以及对于体验人生的渴望。我对别人会有什么想法异常敏感。尽管如此，想要体验人生、理解人生的强烈愿望还是促使我不断前行，无论是否有人关注，无论是否有人认可。就这样，我逐渐找到了自由与自信的感觉。

自我控制是一个人较难学会的事情之一，但从长远来看，这是教育的一个重要组成部分，也是自我保护的一道有力屏障。无论是面对失败还是从失败中恢复，自制力都起着重要作用。无论遭受多重的打击，只要一个人能控制住自己的恐惧，他就能去面对那些无法逃避的事情。

人们经常询问我是如何从失败中恢复过来的。我的办法只有一个：勇敢面对，重新来过。每次失败都会让人有所收获，每次失败都会增加下一次面对挑战时的勇气与信心。

当某件事不可避免要发生时，这种无路可退反而会让人萌生勇气。如果一件事无法逃避，必须面对，一个人反而可以应对。我还记得自己怀第一个孩子时，我的一位好友恰好也怀着头胎。她有一天对我说："生孩子没什么可怕的。每个人都是生出来的。如果那么多人都闯得过这一关，我当然也可以。"

为了不让丈夫和婆婆担心，我从未提起过自己对生孩子的恐惧。但在开始某段经历之前，尤其是这种人们都说会疼的事情，你一定会揣测自己究竟能不能胜任，究竟该如何应对。我婆婆曾经告诉我，以前中国女人生孩子时就坐在硬长椅上，从头到尾一声不吭。当然，这个故事并没像婆婆期待的那样起到什么激励作用。但这件事让我认识到，大家希望我能打消一切要孩子的顾虑，希望我能克制情绪，把这当成是一件快乐的事，当成再平常不过的一个过程。

尽管表面上没说过一个字，但我内心还是担心自己到时候失控。不过，既然没法在生孩子前决定会不会失控，这也不是一件我能左右的事情——孩子该来时就会来的，就像死亡一样，试图逃避毫无意义——我反而渐渐对此有了自制力。在这之后，我再也没有担心过生产这件事。

恐惧在很大程度上是由于缺乏了解。我们不知道在新环境会发生什么，也不知道自己能否应对。越早知道会发生什么，就能越早从恐惧中解脱出来。

现在回想起来，结婚时我几乎什么都不会，也没有处理任何状况的能力。我从小就接受社交训练，也重视社会责任，但持家却完全超出我的能力范围。

我不会做饭。外婆教我的持家之道是这样的：量好需要的面粉和糖，把它们交给用人去做。她没有——应该说她不能想象一个没有厨师的世界。在这种环境下长大的我，第一次面对晚宴在即，厨师却不辞而别的场面时，简直是一场灾难。我之所以还记得，是因为那对我来说简直是世界末日。我根本不知该如何是好。

第一次保姆不在家，孩子又哭了一整晚的时候，我简直要疯了。这是大部分父母都会碰上的情况，而我根本不知道该做些什么（医生听完我在电话里的一通狂吼后，只是干巴巴地回了一句："可能是有胀气。"）。

正如每个人或早或晚都会发现的，我意识到自己有两个选择：要么学会处理这些状况，要么被它们打败，整天提心吊胆有问题发生。

幸运的是，我生每个孩子时都是由同一位护士护理，如果哪个孩子后来生病，她也会尽可能回来帮我。她受过专门的训练，我便向她学习了医疗保健和正确护理的技巧，从此再没因任何突发状况或孩子生病而恐慌过。我知道自己有能力应对。

1918 年，华盛顿爆发过一场大流感，对于这个人满为患的城市来说，这种流感是灾难性的。为了容纳上千名患者，城中建起了大量临时庇护所，许多庇护所连厨房都没有。于是，内阁成员的妻子们决定每天向其中的一些庇护所运送食物。我的任务是给一个庇护所送汤。我每天都去那里，也认识了一些人；如果当天某张床边围起了床帷，我就知道那位病人要么将死，要么已死。

庇护所的情景使我意识到这些远离家人的病人有多么孤单。能为帮助他们贡献自己的绵薄之力，我感到非常荣幸，也很庆幸自己的家人能在家得到很好的照顾。这种感激之情使我忘记了恐惧。

我的丈夫和五个孩子都得了流感。我给得肺炎的艾略特请了一位护士，其他五个人则由我自己亲自照顾。

能让我对外婆当年的严酷训练感到感激的情形并不太多，流感那年算是一次。我不仅自己没有感染流感，还有能力照顾五位家人，给病人们送汤，陪庇护所里生病的小姑娘聊天。家中已经住满了流感病人，我也不用担心自己在外面受到感染。

之前处理一些小型紧急情况的经验，给了我处理那次流感危机的信心。就这样，我逐渐学会了如何应对这些事情。每成功处理一个问题，都会使下一回少几分焦虑，多几分坚强。

当我丈夫后来在坎波贝洛病倒时，由于大规模爆发的流感，当地已经没有护士。病情最严重的那两个星期，只有我在照顾他。如果不是在此之前积累了那些经验，我一个人根本应付不来。

两周快结束的时候，他的病情愈加表明病因绝不只是受寒这么简单。我丈夫的叔叔弗雷德·德拉诺从他正在度假的纽波特市请来了洛维特大夫，他是一位小儿麻痹症专家。他并不知道只有我一个人在照顾我丈夫。当他发现我们没有护士时，便安排了一位护士从纽约来照顾我们；在那之后，这位护士和我们一家人共处了很长时间。

在详细地做了各种检查后，洛维特大夫对我说："我来之前，病人得到了很好的照顾。"所有此前与恐惧的斗争，都在那次小小的胜利中被证明是有意义的。

还有一种恐惧也很常见：人们常常害怕运用自己的才能，总想节省到对某件事产生兴趣了再用。但是，运用才能正是产生兴趣的唯一方法。还有些人觉得他们一旦施展了某种才能，别人就会有求于他。

"如果我做不到，"他们想，"别人就不会对我有所期待。"

这种恐惧会使一个人越来越无能，他将永远不敢发掘自己究竟有什么能力。我就听过太多年轻女性说："我可不敢演讲，千万别让我做这事。"

我还记得自己有这种感觉时的情景。但路易斯·豪[②]那时认为，在罗斯福的康复期间，如果我能在政治事务上表现活跃，将有利于罗斯福的政治生涯。

---

② 路易斯·豪（Louis Howe），1871－1936，他是《纽约先驱论坛报》的一名记者，曾担任富兰克林·罗斯福的早期政治顾问。

“你有能力做任何你要做的事情。”路易斯·豪坚定地说，“做做试试。”

我很不情愿地接受了这个任务。由于根本不知该如何准备、如何演讲、如何吸引听众，站在台上演讲时，我怕得浑身发抖。

路易斯·豪坐在礼堂的后排注视着我。当我讲完后，他把我从头到尾批评了一番，尤其是即使没什么好笑的，我也会时不时咯咯发笑这一点。

“我是有这个毛病。”我承认，“那是因为我不知道接下来该说什么。”

一点一点地，他教会了我如何组织演讲。他告诉我，作为一个新手，应该提前写好演讲的开头和结尾。至于演讲的主体部分，则只需提前记下要点。

“永远不要提前写好主体部分。”他警告我，“否则会让听众失去兴趣的。”他又补充道：“另外，当你说完自己要说的东西时——立刻坐下。”

很长一段时间，这就是我的全部演讲准则。我一直严格遵守。我曾认为自己没法和别人说话，但这件事让我明白，只要自己有话想说，完全可以把它们说出来。

“我做不到。”这种话说来容易。实际上，你会发现其实自己做得到。尝试去做某件事情不仅能让自己摆脱恐惧的束缚，还能锻炼承受能力，并从成就感中获得自由。

每经受住一个考验，应对下一次考验时就会更加轻松。但是，如果你临阵退缩，因为担心自己说错话、做错事或犯错误而不敢尝试，你会渐渐变得胆小而消极。

当我或多或少开始投身公共事务后，我逐渐形成了自己的想法，并付诸实践。

显然，无论是尽最大可能开发潜力、扩展视野，还是抓住身边的每一个机会，都需要付出一定努力；但和不敢尝试、不敢冒险、害怕失败相比，前述这些要有趣得多。

所有父母都面临这样一个问题：如何尽可能使孩子免于恐惧。但是，除非父母首先有着免于恐惧的价值观，否则是做不到这点的。如果父母让孩子信仰上帝，这会成为他们面对一切不确定性的办法。

接下来的一个重要事情，就是决定孩子何时可以在没有父母直接管教的情况下自我管理。这是儿童教育相当重要的一部分。你也许会发现，孩子并没有像他自己想象的那样做好了摆脱外在约束的准备。但在我看来，只要孩子们认为时机成熟，就该给他们一次尝试的机会，看看他们是否有了足够的自律能力，能在没有父母、老师和朋友的管束下生活。

婆婆曾给我讲过一个我丈夫十岁时的故事。有一天，他走到父母面前，大叹一口气说："我想要自由！"

"你想要什么自由？"

"我想每件事都自己做主，哪怕就一天！"

他立刻得到肯定的回复，他可以有一天"独立日"。

第二天早上醒来，没有人给他下任何命令，"独立日"开始了。没想到刚到中午，他就宣布不独立了。

"为什么又不要了，富兰克林？你不是想过独立日吗？"

他停顿了一下之后告诉父亲："我对自由厌烦啦。"

父母通常不愿放手让孩子自我管理，能做到这点，需要父母自身有一定的自制力。事实上，许多加诸孩子身上的要求，其实根源于我们自己的恐惧。即使我丈夫已入不惑之年，他的妈妈也还是会叮嘱他把胶鞋穿上，当然，其结果就是他完全拒绝穿那双鞋。

持进步主义观点的人认为，人们可以通过劝说和分析将孩子领上正确道路，即使在孩子很小时也能用这种办法。但在有些情况下，因为年龄太小，孩子还不会讲理，这种方法并不奏效。而另一方面，我身边的一个例子证明，如果你有充分的耐心和口才，不介意因此给周围人增添麻烦，上述方法无疑是个抚养孩子的好办法。那个例子中的孩子便是如此，他成功阐释了理性加上耐心能有怎样的教育成果。那个孩子非常聪明，在思维上很像他聪明的父母。从小时候起，他就非常有担当能力。

没有一种普适性的办法，人与人之间差别很大。对很多孩子来说，他们更高兴有人替他们出主意，给他们下命令。在大家庭中，必须有一套适用于所有孩子的规则，否则会引起孩子之间的嫉妒。必须让他们感到规则是平等的，没有例外。否则，他们就会感到不公平和不愉快。

对于大部分家庭和孩子来说，要想让孩子有责任感，必须建立起一套规则。这是建立自律的一个重要步骤，也是在民主社会成为一位优秀公民的重要素养。当一个人开始对自律有所理解时，他也开始理解自由的边界：自由不是绝对的，它要受到他人自由的限制。

还有一种恐惧如今传播得越来越广，我们有必要对它追本溯源：越来越多的人害怕未来。他们总在犹豫是否开始工作，是否组建家庭。

“我们没有安全感，”他们说，“不知道该计划些什么。”

人们可以想想，当第一批移民踏上五月花号时，他们又有什么安全感可言呢？他们拥有的只是自己的勇气、自己的行动，自己有能力应对一切未知和危险的信心，以及依靠这些所创造的一切。这也是我们每一个人应对生活的唯一方法。

当今世界面临一个重大挑战：我们面前有一种靠恐惧维持的政府，还有另一种由自由人组成的政府。我不相信任何靠恐惧支撑的东西可以用恐惧阻挡自由。显然，我们不能愚笨到让自己被无意义的恐惧束缚，那样就给了政府制造制度性恐惧的机会。

勇气比恐惧要振奋人心，从长远来说，也更容易做到。拥有勇气并不是要一夜之间变英雄，而是只需每次都比以前有一点进步，只需正面应对每个问题，不被表面的困难吓倒，发掘出我们克服困难的内心力量。

埃莉诺·罗斯福，1932 年。

03

如何利用时间

该如何最有效地利用时间呢？我自己一般有三种办法：第一，保持内心平静，以使工作时不受周围环境影响；第二，专注在手头的事情上；第三，建立起生活规律，分配好时间，提前计划每件事情，同时又留有余地以备不患。除此之外，还有一点也很重要：那就是保持身体健康，保证有充沛的精力可用。

海德公园那幢大房子的墙上，挂有一幅富兰克林·德拉诺[1]和他的妻子劳拉·阿斯特·德拉诺的肖像。他们当年住在纽约巴里敦的一个大房子里，那房子建得像一座意大利别墅。他俩没有孩子，德拉诺的兄弟的孩子经常会去看望劳拉婶婶。每逢我婆婆想给孩子们上一课时，总会讲起劳拉婶婶的这个故事：有一天，那群孩子跑着冲进劳拉婶婶的房子，比原定的时间晚到了一会儿。

"我们没时间……"其中一个孩子解释道。

"你们本来有的是时间。"劳拉婶婶严厉地说。

我们本来有的是时间。问题是，该如何最有效地利用时间

① 这里是指与罗斯福同名的叔祖父。

呢？我自己一般有三种办法：第一，保持内心平静，以使工作时不受周围环境影响；第二，专注在手头的事情上；第三，建立起生活规律，分配好时间，提前计划每件事情，同时又留有余地以备不患。除此之外，还有一点也很重要：那就是保持身体健康，保证有充沛的精力可用。

这些年来，我用这套办法成功地做事、持家、旅行。当然，每个人对时间的需求不同，每个人适用的方法也不可能一样。但总的来说，我觉得这套方法还是比较灵活，基本可以用于任何目的。

我对自己的首个要求就是保持内心平静。这一点非常重要，有效利用时间的一个秘诀就在于此。这样，无论周围多么嘈杂，你也能不受干扰。近几年，人们越来越多地谈论压力，似乎每个人都深受其苦。在我小的时候，这并不是人们讨论的话题。这或许是因为当时还是以大家庭为主，在这种家庭结构中，人们必须学会如何彼此适应，以在纷扰的环境中保持平静。

在一个有五个孩子的家中，我必须学会维持内外的双重平静。尽管孩子还小，我还是保有不少自己的兴趣和活动。由于丈夫和孩子们的事情一定是排在第一位，我自己的事只能在一个杂乱的环境中进行，一边做事，一边有孩子们在地板上玩耍、尖叫制造的各种噪声。我要么得学会在这个环境里阅读写作，或者做其他自己想做的事情，要么只能什么也不做。很快，即使房间里满是孩子，我也能照做自己的事情。

无论外部环境多么嘈杂，都能保持这种内在平静，这是一种内心的力量。它大大减少了精神上的损耗。在这片宁静的绿洲中，你能更好地应付孩子们叫嚷的矛盾要求，而不会生气或失去耐心。

当然，有时你会因为过于专注，以至于完全没注意到身边发生了什么。这会让孩子感到气愤和沮丧。孩子们曾因我没有听到他们的提问或请求，而生气地对我又拽胳膊又拉裙子。

我的儿子詹姆斯七八岁那年病过一次，之后一直有些紧张。

医生建议他每天放松、安静地平躺一小时。我安排他按医生的要求去做，并准备自己趁这段时间大声读书。不过我并没有让詹姆斯独自休息，他应该学会在身边有人时也能静躺。

我们制定了一条规矩：他每天都在地板上平躺一小时，头枕枕头，双臂放松。在这一小时中，无论发生什么都不睁开自己的眼睛。对于一个本能地会对任何声响感到好奇的孩子来说，做到这点并不容易。但是詹姆斯做到了，他成功地闭上双眼，不受周围动静的影响。那几个星期，他的自制力和不受环境影响的能力有了很大进步。

我认识的很多人，如果没有一个安静的环境，他们什么也做不了。这正是因为他们没有学会保持内在平静，没有在心中保留这一片绿洲。我自己的经验表明，无论环境多么杂乱，一个人也可以放松和宁静。行程忙碌的人更是必须学会这个技巧，只有这样，才能最好地利用时间而不被琐碎杂事扰乱，不再内心烦躁或失去思绪，也不必烦心地与噪声和干扰斗争并愤恨于心。

第二个重要能力是专注力，即将注意力集中在手边的事上，做完后放在一旁，不再管它，再做下一件事情。

我丈夫曾说，当美国总统，就是见更多的人，做更多的事情，在很多问题上了解得比所有人都更深入。这要求高度专注于正在与之交谈的人和谈话内容上。这个人离开后，你要把刚谈完的事情放在一旁，略作准备，注意力清空，再和下一个人对谈。谈话主题可能一下子从银行业切换到林业，每个话题都必须给予充分专注，默记于心，以便随时调用。

事实上，比起分心的三十分钟，专心致志的十五分钟能让你更快速地完成任何事情。除了效率问题，让别人感到你还想着刚见的人或接下来要见的人，也会让对方分心。这很容易导致双方的交谈没有成果。

为了最好地利用时间，我还会仔细规划自己的行程，但我也必须承认，即便如此，我还是经常错误地与早该知道不见的人见面。这时就只能尽快结束交谈。

几个月前，我曾与一位年轻女士见面，她的计划着实让人佩服。在给我的信中，她声称自己准备为残疾儿童募款，也想好了实施办法，只是需要我的帮忙，希望与我面谈。我同意在纽约见她半个小时，我们约见的那个下午非常热，她一路从华盛顿州赶来。

终于坐下解释这个计划如何实施时，她掏出一根漂亮的金色带子，两面各有两块黑色的珐琅或是玛瑙。她介绍说，那些离异或是丧偶的女性——尤其是年轻女性——非常不愿意再戴上以前的订婚或结婚戒指。某种程度上，这种戒指相当于给她们贴上"下市"的标签。但如果有某种特别的戒指，戴上的含义是让别人知道还可以追求她们，她们的日子会好过一些。她问我有没有兴趣戴这种戒指。

我告诉她，这对某些人来说或许有用，但我实在不感兴趣。她很失望。没有我的支持，她的这个设想就没法实施；没有我的背书，不会有厂商接受她的主意。我建议她去找其他机构帮忙，我个人反正没有兴趣。就这样，我匆匆结束了与她的会面，在下一个约会前十分钟赶回家中。

我本以为下一个访客会是位单纯的退休农夫，但我边谈边发现，他在全球各地的基督教青年会[②]都工作过。每当他厌烦

---

② 基督教青年会（Young Men's Christian Association），简称 Y.M.C.A.，1844 年 6 月 6 日由英国商人乔治·威廉创立于英国伦敦，希望通过坚定信仰和推动社会服务活动来改善青年人的精神生活和社会文化环境，现已蓬勃发展于世界各地，在约 110 个国家有青年会组织，总部设在瑞士日内瓦。

了美国的生活，他就会出国，但总因为别的事情又回到美国。他之所以请求见我，是因为他想去奥斯陆，需要知道一些只有我能提供的信息。

当他告诉我很多斯堪的纳维亚人想来美国定居，但他不知道怎样才能帮他们实现这个目标，便问我有什么更方便地安排这些人来美国的办法时，我实在被他逗乐了。

我和善地告诉他，这种事只有移民局或制定移民法规的人才能帮他。我在这件事上爱莫能助。

在我们的交谈中，他向我讲起自己在各地青年会的工作，讲起生病时别人如何细心照顾他，讲起即使如此他仍然总会回到美国，哪怕他在国内没有家人。我发现自己其实担当了家人的这个角色，在他开启下一段旅程前，他需要找人聊聊。他在变老，没人听他倾诉自己的生活和对未来的期望让他感到非常孤独。他想出这么个问题来找我，就是想和别人建立起某种联系，这种需要不仅可以在无家可归的孩子身上找到，也存在于他这样一个即将结束生涯的老人身上。

推销自己设计的戒指；找人建立某种虚幻的人际关系。这两次会面都浪费了我的时间。即使有所规划，碰上这种浪费时间的人往往也没什么办法。

任何一个忙碌的人都会认识到规划时间的重要性。在不做计划的情况下，一个人很难最有效地利用时间。对我来说，我更喜欢生活有着某种模式，这种模式当然不必过于死板。如果凡事都板上钉钉，不可改变，生活会非常枯燥无趣。缺乏变通会使生活变成不必要的负担，变得乏味无比；最糟的是，会使你自己成为别人的负担。

不过，你应该对自己要做什么、要完成什么有个笼统的认识。每天应该在相同的时间开始一天的工作；如果手下有用人或员工，应该让他们在开始工作前明了自己这天的任务，避免因为不清楚工作导致的混乱和焦虑。

婚后没多久，我就发现自己得学会规划时间。由于丈夫和孩子永远排在第一位，我得根据他们的需求和行程安排自己的事情，保证在他们回家时自己已经到家。而我自己时常还有外出活动，就更需要最有效地安排时间。这些经历都为我日后更忙碌时的时间管理打下了很好的基础。

我也许可以通过举一个时间管理的模式，一个不那么死板的模式来更具体地说明这个问题：在我自己的作息管理中，我会在不同地点以不同方式规划时间，大致维持一定的生活秩序。

夏天的时候，我们家会迎来很多客人，大部分都是孩子。我们通常在早上八点半用餐。随后，我会和管家讨论一天的食谱，如果我不负责买菜，就会安排她去买菜。一般来说，我每天都有一些固定的家务活要做。

接下来，我会查看信件，签署文件，撰写专栏。这些都做完后，我就可以来安排客人们想做的事情；如果手边还有别的事要做，在午饭之前，我也可以继续忙那些事情。一般来说，我的小客人们会想去游泳或去图书馆看书，我通常会加入他们的活动。

乡间午餐后，我会尽量找些时间继续看信件和读书。有时由于白天要陪客人，我只能等他们上床睡觉后再在夜里看信件。每天下午，我通常会有一个约好的会面。晚餐之后，我会花些时间阅读或和客人聊天，之后继续工作。除非睡得太晚，睡前一般还会再读一阵床头书。

回到城里，我的日程安排则完全不同。早饭过后，我会先写专栏，查看信件，十点到美国联合国协会上班。

这是一个致力于向美国人介绍联合国及其工作的组织。当我不再在联合国担任政府代表时，我向美国联合国协会的执行董事询问自己能否在他们那儿担任志愿者，并自此一直在那里任职。

中午的时候，我会与来客一同午餐，如果午餐时间有一系列的董事会会议，则自己独自用餐。

时间允许时，我会在下午回家查看信件。如果下午没有时间，我就在晚上做这件事情。我通常与别人一起共用下午茶，并在晚餐前稍微休息一下。

一般来说，晚上我会参加社交宴会或拜访朋友。如果这天没有约什么事情，我就去戏院看戏（我是个戏迷）或听听音乐。随后我会继续看信，这些信件第二天一早必须被放在秘书的桌上。

在城里的作息大致如此。当然，这个规律经常被打断，难免有一些意料之外的事情冒出来，比如录音、上电台节目或电视节目等。

总体来说，这个日程安排基本保持不变，我每天都会留出几小时的工作时间。但它有一个缺点，就是阅读时间太少，我不得不在海德公园尽可能弥补这个缺陷。在纽约时，我似乎总在读递到我手上的各种小册子和报告，花费在它们身上的时间甚至超过了阅读兴趣读物的时间。

外出旅行时，尽管总体作息没什么改变，但日常的生活规律会被打破。无论我去哪儿，信件总是少不了的，回家后更是被信件湮没，只好多花几个小时解决。

我一般会因为这两种原因出行：做演讲，或是为了协会的事情出差。若是协会的事情，通常会占用更多时间，早中晚都安排得很满。若是做演讲，一般还会有一些自己的时间，尤其在陌生城市，又没有分心事的时候，我会利用这些时间追上阅读进度。坐飞机旅行时，我也会带上几本读物。

我自己第四个有效利用时间的办法，就是保持身体健康，确保即使在最忙碌时也有充足精力。某种程度上说，我非常幸运。我从罗斯福、霍尔和利文斯通家族继承了很好的精力和理解力，无论工作还是娱乐都能应付自如。除此之外，我从小就学会遵循务实的生活方式，学会自己对自己的健康负责。

确实有人很“享受”糟糕的身体，但这毕竟是少数。不过很多人仍然忽视了保持卫生、健康饮食、定期体检这些简单的原则，遵循这些原则可以使他们精力充沛，更好地享受生活。

做到这些需要有一定的自制力，自律不仅对孩子来说很重要，对成人来说也越来越重要。合理管理自己的生活习惯对健康来说必不可少。

大部分时候，我在白天要参加各种活动，晚上还有长时间的社交活动和加班。随着年岁增长，这些让我感到越来越疲劳。我有两种消除疲劳的办法：一是在生活中做些改变，二是好好休息。从冬季日程变为夏季日程就是一种改变，这使我能与孙儿孙女们共度夏日时光。与两三岁到十几岁的孩子在一起很累人，但也充满乐趣，让人倍感活力。年纪大的人需要孩子的陪伴，我自己就从中受益良多。

旅行也会带来改变，坐飞机前往不同地方，甚至是世界上那些偏远罕见的角落都会给生活带来改变。至于休息，我一有机会就会休息，无论是在飞机上睡觉，还是等别人时在椅子里打个五分钟的盹。一个人只要有自我放松的能力，有使自己内心平静下来的能力，无论有多忙，都能随时休息。

当然，上述内容的前提是你不仅希望知道如何利用时间，而且确实有事可做。我想任何人都会同意，除非你有事可做，否则拥有再多时间也一无是处。

世上最不开心的人就是那些整天无所事事的人。如果你手上的项目忙得转不过来，你不会感到不高兴。这不仅是生活规划的问题，也是有没有想象力和好奇心的问题。如果你怀有兴趣，事情会自己找上门来。

我总听到我的女性同胞们说："孩子们都长大离家了，我不知道自己该干些什么，生活好空虚啊。"她们想知道如何找到新的兴趣，如何找点事来填补空虚。这种话真让我吃惊。

在我看来，她们真正的问题不在于孩子离家后兴趣变少了，而在于孩子在家时兴趣太少。如果一个女人没有自己的兴趣、朋友和工作，她也没法满足身边人的需要。她会对孩子非常依赖，通过孩子来弥补这种缺失，即使孩子成年离家，这种依赖感也丝毫不减。这会使孩子们认为母亲因缺乏自己的陪伴而变得憔悴，这种感觉让他们很不舒服，原本快乐的相聚时光也因此变成内疚的负担。

我一直认为，女性找到一些全家都可以分享的兴趣爱好非常重要，好处甚多。这既可以增进家庭的团结，也能让孩子们在探索新事物时始终保有一个熟悉的内核。当孩子长大，有了更多自己的时间和自由后，这些妈妈们也能有现成的事情可做。

父母当然要陪伴孩子成长，但也要做好在时机成熟时放手的准备。你要相信自己已经给了孩子观察事物的洞察力，这能帮助他们在未来发展自己的兴趣爱好。

我最小的儿子十五岁时，我曾带他一起前往阿瑟德尔。这是一个位于矿区的实验社区，让失业矿工尝试在自给农场工作。

一日矿工，终身矿工，此话不无道理。有位矿工告诉我，他很难在田野中工作——那儿实在太热了！地底工作至少一直很凉快。一旦矿区又有活儿可干，很多矿工都会回去。此时通常由他们的妻子继续种菜、养鸡，有时还会养头牛。

这是一个人工建造的社区，学校是连接这个社区的纽带。

我参观时发现校舍在晚上经常有跳方块舞[3]的活动。儿子一整天都待在社区里，参观人们的宅地。到了晚上，他也加入了方块舞的阵营。我很想知道他对这次旅行有什么印象，但当我问到他是否高兴时，他只是用那个年龄常见的寡言“嗯”了一声。

我后来才知道这段经历对他还是有点意义的。有天，我听到两个小儿子讨论他们的一个朋友，其中一位说道：“他的问题就是对人性一无所知，在他眼里，世界上只有一种人。他真该去阿瑟德尔看看。”

无意间，孩子的言语透露出那次旅行拓展了他的视野。这不仅让我感到欣慰，也认识到孩子们在生活的经历中很容易发现自己的兴趣所在。

抚养孩子的同时培养他们的兴趣爱好，这对孩子来说很重要。他们的经历越丰富，接触过的人越多，当他们真正进入社会时，他们的视野就会越开阔，也更容易接纳新思想。在这样一个每时每刻都受到新情况、新概念、新思想冲击的当今社

---

③ 方块舞（Square Dance），为美国乡村西部舞、民间舞蹈的一种，在美国中西部是很普遍的团体社交舞。由四对舞伴排成正方形而舞。

会，这是教育非常关键和重要的一部分。

人生不应虚度，虚度是生活之敌。空虚并非是经济条件造成的，而是由于缺乏兴趣造成的。如果你与外在世界保持着某种联系，无论多么短暂或是微小，这些新的经验都能拓展你对生活的激情。

很多人担心孩子离家后自己的兴趣会减少。多年来，他们一直专心地抚养孩子，关心他们的身体健康，关心他们的教育问题，帮助他们解决情感困扰。如今孩子们开启了自己的人生旅程，父母自然居于次要位置。如果他们还是非常需要你，说明你把他们教育得太有依赖性，不能独自面对人生。如果你还非常需要他们，说明你自己太有依赖性。

一个人生阶段结束了，新的征途就要开始。或者说，两段生活自此融合，人生变得更为丰富。如今你有了更多闲暇时光，有了更多时间去帮助那些以前无暇帮助的公益组织，处理那些无暇处理的社区问题，施展那些曾被搁置一旁的才能。

我有一个侄女，她在绘画和雕塑上很有天赋。不过，当她想从事创作时，她发现没有什么比养育儿女，将他们抚养成才更具创造性的了。虽然她从未完全放下自己的爱好，不过，养育四个孩子的忙碌肯定使她没时间充分发展自己的天赋。

不过，她的内心也在抚养孩子的过程中不断成熟，等着有朝一日能够施展才华。我相信，当那天到来（且必将到来）时，这段养育孩子长大成人的经历会使她拥有更多的创作灵感。

确实，孩子离家之后，家里就剩做母亲的独自一人。不过，回想起我自己的那段时候，我还有很多朋友。我一直喜欢结识各种各样的人——不同职业、不同背景、不同国家和文化的各类人士。

儿子富兰克林在哈佛读书时，有次和朋友去剧院看戏。演出结束后，朋友问他想不想去后台看看。

“不想。”富兰克林说，“我妈就认识好几个歌舞女郎。她们一点儿意思也没有。”

这个故事不仅有趣，也让我非常高兴。

我还有很多工会的朋友。有年夏天，我们和一些工会的朋友一起在坎波贝洛航海。一位朋友向孩子们讲起她的生活，他们被这个完全陌生的世界迷住了。后来，有人问我儿子那阵子和谁待在一起时，他回答说：“妈妈的一些奇怪朋友们，都是些很好玩的人。”

每个人都是独立的个体，没有人能变成你。你是独一无二的。没有人能告诉你该如何利用你自己的时间。时间是你自己的，生活也是你自己的，由你塑造，由你完成。别人只能告诉你一些曾对他人有所助益的方法。这些建议也许能够激发你的思考，帮你找到合适的方法，帮你找到你真正想做的事情。

就像我丈夫的那位严厉的叔祖母指出的，我们每个人原本有的是时间。这些年、月、日就像沙漏里的沙子一样迅速流逝，让时间白白从指尖溜走是一种可悲的浪费。我们应当有效利用时间，做些有价值的事情，这才是拥有智慧的开始。

埃莉诺在一次团体活动上。

04 成熟的不易

成熟的一个重要部分，就是不仅接受自己的缺点，也接纳你所爱之人的缺点，并尽可能地帮助他们避免出错。

几年前，有人问我怎样才算是一个成熟的人。我当时的回答是：

> “成熟的人是思考问题并不极端的人，是即使情绪激动也能保持客观的人，是认识到所有人、所有事都有好坏两面的人，是谦逊、宽厚，知道每个人都需要爱与宽容的人。”

这是我当时能想到的最好的答案。不过自那之后，我对这个问题又有过反复的思考，这个答案还不足以涵盖真正的成熟所需要的全部品质。

首先，成熟意味着有自知之明。一个人必须愿意了解他自己，必须对自己诚实，必须了解自己的真实动机和感受。一个人除非能真实面对自己，否则很难真正去体谅和理解他人。当然，面对自我、接纳自己的真实动机需要勇气。

这种自知是逐渐形成的，仅仅一次自我认知是远远不够的。一个人会给自己的真实动机遮上面纱，因此，获取内心真相非常困难。但是，如果你诚实而勇敢地不断尝试，即使真相让你想打退堂鼓，让你感到震惊或抗拒也不断尝试，有一天你会幡然醒悟地大呼："天哪，原来这才是我做这件事的原因！""我怎么没早发现自己根本不是这么想的？"或者"终于明白为什么我不敢做这件事了！"

这种自省有一定的危险。有些人会被这种自我认知深深吸引，以至于再也拔不出来，完全沉浸在研究自我这件事里。

就我的个人经验而言，我发现这种自知对于保持内心平衡非常重要。在很多场合，我不得不接受人们对我的大量赞美。如果我照单全收，一定会变得令人生厌；而这份自知让我明白这种赞美毫无意义，仅仅是场面话而已。

首先，人们对我的赞美部分来自对我丈夫的喜爱。在那个时代，当人民需要他时，他恰好拥有帮助他们的权力和意愿，在他的领导才能下，也的确帮助了大量的人重新开始生活。就像所有领导人一样，有相当一部分人憎恨他，但也有很多人爱戴他。当他去世后，由于与他做过的那些事的联系，人们将对他的爱戴部分转移到我的身上。

另外，由于我的很多兴趣与我丈夫当年做的事情重合，在那个时代，我也做了一些帮助民众的事，并得以延续。许多归功于我个人的事情，事实上绝非独力可以完成。很多事情的成功都应归功于众人的合作。

对于自身有限性的认识能让人谦卑。无论别人把你捧得多高，一旦你真正了解了自己的不足，再听到这些赞美时，你就有能力和它们保持距离，就像看着别人的照片一样。

我们很容易对自己产生错误认识，也很容易对自己的缺点或优点产生错误认识。如果我们的自我认知还存在严重错误，就很难按照正确的动机行事。

建立正确的自我认知对于判断别人有很大帮助。如果你还在欺骗自己，就很难对别人做出正确判断。这点在和年轻人打交道时非常重要。如果你能准确把握自己的真实动机，你就能更容易地让年轻人认识到是什么在背后推动着他们。

奇怪的是，很多人似乎害怕认识自我，他们常常错误地认为这只意味着发现那些糟糕的地方。实际上，认识自我的一个重要部分，就是让人更好地认识那些常被忽视的内心力量。

比起“我能行”或是最低限度的“我试试”，“我不行”更容易说出口。很多人终其一生也从未开发过自己的潜能和优势。他们从未发掘过自己的潜能，也不知道自己有何长处。

我还是个小姑娘时，相信以后要是没人帮我找份工作，光靠我自己什么也做不了。而我自己当时认为，我能做的工作也就是女佣或孩子的保姆。由于从未下过厨，我觉得自己也不可能做饭。我是在实践中一步步学习，要不是被逼到了一定份上，有些事我永远也学不会。

不谈我们自己，人们经常能看到别人错误地评价自我。由于不了解自己的长处，你的邻居可能始终在选择错误的职业，尽管别人一眼就能看出他擅长什么。

当然，更痛苦也更重要的，是认识和接受自己的不足。对所有人来说，说出这样的话可能都是最困难的事情之一：“我的能力有限。我缺乏相关的经验（或是个人水平不足），应付不了这个局面；我没法满足亲爱的丈夫（或孩子）的要求。”

由于经验不足而无法理解他人的需求，由于不够成熟或某种尚未察觉的局限性而爱莫能助——每个人在一生中大概都遇到过这种事情，都曾不得不痛苦地承认，自己在某件重要事情或某段亲密关系上失败了。

生活教会我们，一个人只有愿意接受自身存在不足这一残酷事实，愿意做出调整去适应它，才算得上真正的成熟。一个人要么学会不带怨恨和嫉妒地把自己做不到的事交给别人，并接受这一结果；要么就得学会自己去做这件事情。拒绝承认自己存在不足，也就无法从这里开始成长。

解决这个问题没有捷径。没有办法能让人轻松正视和承认自己的不足，也没有办法能让人坦然接受自己失败时由别人替代自己，但你必须学会这一点。如果你拒绝接受，假装自己不存在问题，假装自己没有失败，那就是对自己撒谎。这样做无益于解决问题，你能骗住的也只有自己。

在成熟的过程中，还有一件与承认自己的不足和无能几乎同样痛苦的事情，那就是接受别人无法满足你的要求。你要学会不去强求不可能之事，学会在自己的要求没有得到满足时不因此生气。

自知能帮你做到这一点，当你对自己有一定了解后，你就能更容易理解你所爱的人们。

在下面这个例子中，你会看到当这位年轻妈妈发现她与丈夫的关系存在问题时，她是如何处理的。

她的丈夫忘记了他们的结婚纪念日和孩子的生日，这让她非常难过。不过，她很快想到丈夫公务繁忙，日理万机，他之所以会忘记这些她在意的事，不是故意要让她不开心，实在是因为脑中想着太多的事情。

于是，她开始在每个结婚纪念日的前几天给他一些暗示，帮他记起这个日子。她会给丈夫留张小条，上面写道："还有四天就是结婚纪念日了，要不要一起做点什么？"如果知道丈夫即将出差，她也会提醒一句："你能不能改个时间出差？纪念日快到了，我希望我们能一起度过。"

这种暗示并非责难，也并非指责丈夫的不称职，只是提醒丈夫这是一个对他们俩都有纪念意义的日子，而她碰巧记着这件事。

同时，当她理解了丈夫之后，她也能提前预防孩子们因为父亲忘记自己的生日而伤心。在孩子生日的前几天，她会假装不经意地说："还记得约翰尼出生那天给咱们带来多少快乐吗？"

这同样是间接提示。她的丈夫心领神会，也很感激她这么做。

要是她一直等到纪念日那天，然后抱怨道："你都忘了这是什么日子！"事情不知会变得多糟。她会让丈夫感到非常内疚，两个人谁都不好受。

成熟的一个重要部分，就是不仅接受自己的缺点，也接纳你所爱之人的缺点，并尽可能地帮助他们避免出错。

接纳他人的不足涉及另一个隐患，可能是一个更大的隐患。我们有时会把他人的长处当成缺点，会因别人没像我们想象的那样而怨恨他们。这种隐患在于，我们会按自己的想法改造别人，而非接纳他们本来的样子。

唯一一种有价值的成长，是独立个体的成长，我想这是一个非常基本的道理。如果你试图改变一个人，而这种改变会使他失去自己的个性，那你就毁掉了一个人最重要的东西，毁掉了他与其他人的区别。企图改造别人，强迫别人变成自己希望的样子而非鼓励他发展自己的个性，这是一件相当危险的事情。

一个人迟早会反抗强加于他身上的这种改造。是的，你的确可以阻止或妨碍他人充分发展自我，但这一定会招致对方的怨恨。

我见过很多父母动用包括讽刺在内的一切办法来改变孩子，迫使孩子按照他们认可的道路发展。我也见过父母费力将孩子变成自己预想的样子却遭遇失败。还有些父母——尽管自己并不承认——极力想让孩子与自己保持亲密，通过孩子使自己的未来得以延续。那些成功达到目的的父母们，其付出的代价就是孩子的叛逆，以及对孩子独立自我的破坏。

在某个节点上，一个有着强大自我的人会逃离这种控制，按照自己认为正确的方向发展自我。但此时伤害已经造成，双方的关系也极为痛苦。

我们能够帮助他人成长的唯一方法，就是把这件事交给他们自己。如果可以的话，在必要时可以做些示范。但是，把任何东西强加于他人都对他人的个性发展毫无助益。

每个人都应认识到按照自己的本性发展有多重要。我们不应将自己与他人作比较，更不应该模仿他人。相比被迫改变自我的人，按照天性发展的人更为自重。没有自重，一个人很难真正地尊重他人。

正如我们需要接纳他人的不足，我们也要学会不在他人的付出之外索取更多。这一条可以适用于与丈夫、妻子、孩子的相处，尤其适用于孩子离家之后与朋友的相处。那些别人因爱或友谊对我们的付出，我们应当感到高兴。但在此之外，我们不应要求更多。

有很多向别人提出这种要求的办法，最差的办法不一定是开门见山、直接抱怨或不停埋怨。一个人也可以通过激起别人的同情心、责任心或怜悯心，通过展现自己的无助，甚至通过生病来提出这种要求。

这类要求是一种精神敲诈，有时还会发展成一种无情的、欺骗性的情感施压。不幸的是，这种行为并不少见，只是人们不承认自己有这样的行为。人们总认为自己在每件事上都是受害方，受到折磨，受到忽视，而实际上——他们是强行索取别人不想给予的东西。如果这些人不能停止自己的这种行为，至少他们的受害者应该学会坚定地反抗这些精神敲诈犯。

成熟还意味着有能力听取批评并进行判断。如果某种批评没有价值、没有建设性，反而还具有破坏性，那就该把它抛到脑后。但如果批评有所帮助，那么即使这个批评对你造成伤害，也该虚心接受，从中吸取教训。一个人之所以会觉得受到伤害，或许因为这个批评是由一个你不希望他认为你有这个缺点的人提出来的。但是，如果你足够成熟，你就会接受那些你爱的人和爱你的人对你的批评，并从中学习。

人一生中难免会遭到几次公开批评。有些是有道理的，也有一些让你觉得并不公平。就我自己来说，后一种批评是那些不只针对我个人，而且针对我的丈夫和家庭的批评，对于这种批评，我也必须予以考虑、判断和接纳。

如果你认为自己是被一个开明的人所批评，你自然会感到必须达到对方的要求，必须做出解释（无论对方是否接受）。如果你认为这种批评纯粹出于恶意，无论怎么解释也不可能改变对方的观点，何况这种批评根本不是建立在事实之上，那你能做的最好的事就是完全不去想它，就像它从没发生在你自己和你爱的人身上。

有些人很难做到这一点。事实上，我认识的一些人根本做不到这点。我自己的经验是，当你知道再关心也改变不了什么时，你就可以放下此事，把注意力转移到别的事情上去。

成熟的另一个标志，是逐渐改掉那些并不为人所知的缺点。如果某个缺点无人知晓，很多人会倾向于掩盖而非改掉这个缺点。我们总是掩饰自己的问题，而非诚恳地解决问题。“反正没人知道”不是解决问题的办法，你自己就知道问题的存在。

成熟也意味着为自己设定生活的价值，知道自己真正想要什么。什么事给你带来最大的满足感？就我自己而言，我知道自己的满足感并非来源于政治，并非来源于我做的那些有趣的事情，而是来自与那些我喜欢的人们相处，感到自己能让他们的生活更加快乐或有趣，能够帮助他们达成目标。对我来说，这比任何事都重要。

要想成为一个成熟的人，你需要知道自己最在乎什么。然而，很少有人能达到这种程度的成熟。人们似乎从未停下来想过什么对他们有意义。在那些并非是其真正需求的事情上，人们花费了大量精力，甚至做出了很大的牺牲。或许他们已经将自己的工作、自己的社区、邻居、父母或家人的价值内化了。未曾了解什么对自己来说真正重要是一种可悲的浪费，你错失了生命的目的所在。

埃莉诺和富兰克林·罗斯福在白宫门口。

05

永无止境的自我调整

自我调整是一种内在革命。你每学到一些新的东西，就需要对自己的知识结构做出调整。在我看来，人的一生必须不断做出内在和外在的调整，这一过程永无止境。

相比男性，女性有着这样一种优势。历史上，女性一直被迫做出自我调整。她们必须调整自己的想法、野心和期待，以适应丈夫及孩子们的想法、野心、期待和家庭需要。大部分家庭的女性会将自己的兴趣调整得与他人的相关联。这从来不是件易事，但它使得女性在大部分情况下比男性更能适应新的环境。

从小人们就要求女性拥有适应能力。先是如何应对父亲；然后是恋人；最后是她们的丈夫。在这个过程中，做出主要调整的始终是女性。她们要学会如何才能得到自己想要的，如何做出必要的付出。

只有在极少的家庭里，女性不必按照丈夫的需要和想法持家，也不必适应这个亲密伴侣的生活方式。

至于男性，则是抱着将要统领自然、统领世界的念头长大，他们追求的是让外部世界适应自己。这是男性比女性更保守的原因之一。在商场上，除非是自己的创新之举，否则男性倾向于反对新生事物。他们不愿做这种调整。

这两种截然相反的生活经历，使得女性在这个瞬息万变的世界里，比男性更容易适应新的形势和观念。

自我调整是一种内在革命。你每学到一些新的东西，就需要对自己的知识结构做出调整。在我看来，人的一生必须不断做出内在和外在的调整，这一过程永无止境。不过，这对很多人来说却一直是个困扰，他们似乎天生就惧怕各种改变：人际关系的改变、社会或经济状况的改变。在他们眼中，新鲜或未知事物并不友好，甚至带有恶意。

自我调整并非只在当今这种重大历史变革时期才有必要，当然，这项能力在现今确实更为重要。无论一个人的生活看上去多么波澜不惊，一成不变，他都需要不断地自我调整。

让我们从最明显、最无法回避的调整说起。每个人在成长和衰老的过程中，都会经历身体和情感上的变化。几乎每个人都能意识到自我调整在青春期的重要性，但我们似乎没有认识到它在中年和老年时同样重要。

有人说，人的每个阶段都是一片未知的国度。像探险家一样，我们不断向未知世界前进，生命本身就是一场冒险之旅。如果我们的人生是行走在平原上的康庄大道，如果一眼就能看到前方的风景，如果没有惊奇、没有意外、没有挑战，生命将是一场多么冗长又乏味的旅行。我真心希望每个孩子都有这种生活的冒险意识，这样，他们就会欢迎这场精彩历险中的每个变化、每次调整、每次出乎意料——无论好坏。

如今，青少年受到了过多的关注。青春期当然是一个艰难的时期，但它并不比人生的其他阶段更为艰难。青春期是会经历身体和情感上的变化，但中年也有其身体和情感上的变化，老年也是一样。相比之下，年轻人有一个巨大的优势，尽管经常由于他们的自怜而被忽视。他们的身体和情感变化是成长的体现，是能力增强的体现。而中年及中年之后的变化，则代表着力量的衰退。一个人一直在做的事情，突然有一天再也做不了了。在我看来，这更难应对，尤其是更难体面地应对。有时，发现自己的能力衰退会让人非常震惊。

报刊书籍中有很多关于中年女性及其更年期身体、心理、情感问题的讨论。但我相信，相比从小就学会自我调节的女性，男性的中年问题更为痛苦。对于习惯受人依靠的男性而言，失去支配地位，逐渐依赖他人，是一个很难面对的事实。

每当谈及“女人最好的年华”这个话题我都深感困惑。有些人认为孩子还小的那几年是最好的时候，有些人则觉得是孩子们上学后，自己更自由、有了更多社交生活的时候。

孩子还小的那些年，我过得还不错。虽然不曾停止过社交生活，但我并非一直乐在其中。在正式的社交场合，我一直在努力克服自己的自卑情绪。我很喜欢和密友们相处，但要说起我丈夫还担任海军的助理部长时华盛顿的那些晚宴派对和舞会，有些如今想来有趣的事情，当时可一点儿也不好玩。

我还记得有一次，我丈夫在派对上玩得很愉快，而我却感觉非常糟糕。在我看来，有没有我简直没什么区别。我小声和丈夫打了个招呼便离开了派对：“我要回家了。你好好玩，咱们回家见。”

但我忘了向他要大门的钥匙。打车到家后，我才发现自己没有钥匙。我们的房子有里外两道门，我把垫子挪到墙边，穿着晚礼服，足足坐了三个小时等他回来。我觉得自己很可怜，因为丈夫不愿离开派对来陪我，当然，我也没有给他选择的机会。当一个人想自怨自艾又没有理由时，比确有委屈事还要糟糕。

我已记不清等他回到家而我终于得以进屋时，我自己是闹别扭还是很高兴，但是，单是让我等了如此之久已经让他非常内疚。

那几年，尽管很多人会认为那是我一生中最好的时候，实际情况并非如此。

无论处于哪个人生阶段，只有当我们充分利用时间，充分体验生活，不断深入理解生活的馈赠以及我们如何回馈时，才算得上是一段好的经历。不同人生阶段赋予我们的东西各不相同，但就其价值和带来的满足感而言，并没有什么区别。

每个人的成长阶段和成熟时间都不一样，因此，不必期待每个人都认为青年时期最有收获。一个人的成长期可能来得比较晚，也就晚些体会到成长的成果。

与不断进行自我调整相反的是，缺乏弹性——无法适应变化，会使生活缺乏乐趣，甚至惊人地枯燥。

我婆婆于 1941 年去世时，丈夫有句话让我至今难忘。他说，尽管自己很怀念母亲，但她再也不必痛苦地适应她不熟悉的生活，就这点而言，她的过世令他倍感欣慰。否则，她没法看着自己的孙子走上前线，也没法接受人们不可能再以她那时的规则持家。

我听说过很多事例，在这些例子中，那些能适应形势变化的人，在关键时刻有能力做出巨大改变。

人们之所以需要有处理不幸的能力，是因为就很多事而言，只有你在意时，它才会对你产生影响。郁郁寡欢是一种内在感觉，而非外在实体。与幸福一样，它独立于环境存在。想想你身边那些真正快乐的人们，很少是因为周围环境让他们如此快乐，快乐的秘诀在于他们自身。

我脑中想起的第一个例子，是我的朋友西考克小姐。她曾在美联社担任记者多年，随后担任哈里·霍普金斯的调查员。她一直过着丰富多彩的生活，身边全是知名政治人物，与数个领域的名人都是好友，很多新闻都能拿到第一手资料。

然而，意想不到的疾病击中了她。她得了瘫痪性关节炎和糖尿病，疾病最终影响到她的眼睛。她无法再参加以前的那些活动，也无法再像以前那样生活。

我曾建议她搬来海德公园并尝试写作。几个月后，她搬去了自己的小木屋，开始从事童书创作。她只能用一只手打字，而且因为眼睛的缘故，每次只能工作一个小时。她没法再读报纸，也没法看电视。有一阵子，不能读书简直要了她的命。

然而，西考克将劣势扭转为自己的优势。通过听广播，她比大部分人更了解新闻时事。曾是都市女郎的她，如今与这个小村庄的女邻居们成了好朋友。周边的孩子们开始来找她，听她讲故事。她承受住了这个飞来横祸，经过艰难的调整后，在新环境中开始了新的生活和新的工作。

若不是对人性有着真挚的热爱，而且是对普遍人性，不限于某一种人的热爱，她不可能取得这样的胜利。支撑她的，是直面挫折、转败为胜的勇气。再彻底的失败，再难以逾越的困难，人们都有能力克服，但这需要不断调整自我，适应生活的各种变化。

像许多女性一样，丈夫去世后，我得习惯一个人生活，独自面对未来。那个曾是生活中心的人不在了，我得学会在没有他的情况下安排自己的生活。当然，我很早之前就明白，一个人对生活的调整是永无止境的。

我之前做出的生活调整，许多都是应情势需要，并不符合我自己的期望。因此，面对这个重大转变，在计划一个人的未来时，我希望它尽可能地符合我自己对生活的要求。

当生活的情感中心被抽空后，我也体会过那种令人窒息的孤独。不过后来我发现，尽量让自己忙碌有助于克服这种孤独。忙碌的好处就在于没时间想自己的事情。

很多年来，我和自己的秘书马尔维娜·汤普森小姐一直保持着很好的关系，遇见她实在是我的幸运。我还在纽约时，无论是在迪克曼小姐的学校工作，还是后来在民主党全国委员会任职，她都一直为我工作。当我们搬去华盛顿时，她也决定与我们同往。她住在自己的公寓里，也有自己的生活，但与我们保持着密切联系。

在海德公园的某年夏天，我安排她住在一间离我现在所住的那条河几英里外的小屋里。她有自己的房间，我会到她那里工作。我们那次发现，要是把我和我丈夫的信件混起来了，根本不可能再把它们分开。

不知不觉中，汤普森小姐不仅融入了我的生活，也成了我们家的一员。我自己的孩子会请她帮忙，我的外孙们也会向她寻求建议和支持。因此，当我离开白宫回到纽约时，她住进了与我同一栋房的另一套房间里。后来我们都认为她应该搬到我这边来，我这里还有富余房间。

她保留了在海德公园小屋中的那套房间，余下的房间归我。我们住在一起，从不向对方提出要求——至少她从不向我提要求。我们过着各自的生活，但她始终陪伴在我身边。不用回到一间空荡荡的房间让我的生活大为改观。我之所以能很快适应孑然一身的生活，很大程度上归功于和汤米（我们都这么称呼她）之间的这种温暖友情。

当她去世后，我第一次体会到孤独一人的滋味。不过有她的那段陪伴做过渡，我更容易地适应了这一切，况且我自己也更年老了。某种程度上，随着年岁增长，独守空屋不再那么困难，尽管这并不是件愉快的事情。

当回忆往昔时，我总想起我的祖母，她所做的一些改变，是我见过一个人能做到的极致。在我看来，她之所以能做到，部分原因在于随着年岁增长，一个人能更冷静地面对生活的打击。事实上，接纳生活本身可能就是对接纳死亡的一种预演。当人们老去时，死亡很自然地成为生命进程的一部分。死亡之于年轻人是反常的，但对老人来说，就像其他无法回避的事情一样正常和必然，这也使得它更容易被接受。

宗教信仰可以使一些人更平静地面对死亡。就接纳死亡而言，我也认为对上帝的信仰是一个人所要做的全部准备，它将使你认识到，死亡和生命一样，都是上帝的旨意。如果你年事已高，并且足够成熟；如果你能把生死当成上帝的旨意，当成像四季变换一样稀松平常的事情，这个自然进程会使接纳死亡更容易一些。

生活变动导致的最大变化之一，是一个人的人际关系，频繁搬家时更是如此。许多美国人就过着这样的生活。家人的关系虽不会受搬家的影响，但与朋友间的联系可能会因此中断。就算没有搬家的问题，一个人也得不断付出努力，才能维护与家人和朋友间的亲密关系。就像生活本身一样，人际关系不可能停滞不动。它要么生长，要么萎缩，不会原地踏步。我们自身的情感重心、智识追求、关注的问题都在变化，朋友们的也是如此。因此，与朋友间的关系也会发生变化，这段友谊必须足够灵活，能适应每个人和周围环境的变化。

建立新的人际关系与维护旧的人际关系同等重要。当然，一个人有时会因各种原因割断旧日联系。我曾见过有人因为经济状况剧变而做出这样的事情。如果不去寻找新的人际关系和兴趣，那位女士很难承受这种剧变，新的人际圈和兴趣点能让她更容易地接受现实。

没有哪段关系能永葆新鲜，除非双方都在尽力维系。如果你不去努力了解自己的孩子，不去努力保持与孩子的亲密关系，就连与孩子之间的联系也会断裂。

人们常常批评美国商人因为过于沉浸在赚钱和工作，忽视了自己的家庭和朋友。

我不认为这些生意人能认识到自己割裂了工作和家庭生活，以至于自己已经算不上是妻子的伴侣，后者对丈夫在忙什么一无所知。他们可能潜意识里并不想这么做，但行动上却没有任何改变。妻子因而会一心专注在孩子身上，并对无视妻儿的丈夫充满怨恨。

我们都认识这样的生意人，急于发财，急于尽早享受人生。然而，“财富”这个概念本身就是相对的：某个人生阶段所认为的“财富”，在下一个阶段也许算不上是“财富”。这将使一个人不停地忙碌下去，他没有意识到，自己在为享受而挣钱的过程中，根本没学会该怎么享受生活。

这些为了妻儿奋斗的男人们通常忽略了一点，即自己能给予孩子最宝贵的东西，是作为父亲的陪伴。和孩子之间的这种亲密关系并非生来就有，而是需要后天培养。一个男人需要花上大量心思和努力才能建立与儿子的这种关系，而与女儿则是另一种关系。

温柔、体贴以及作为女性的自我欣赏，对于父亲所启迪的这些品质，女儿会心怀感激，铭记一生。这些都是她们成年后会追求的品质。

我还记得我父亲第一次像邀请年轻女郎一样邀我共进午餐的场景。当他来接我时——我当时只有七岁——他送给我一束自己扎的鲜花。走在街上，我简直像公主一样骄傲，更别提后来有多小心翼翼地保存着那束花！

二十世纪二十年代中期到五十年代，无数人不得不对生活做出巨大调整，战争摧毁了他们的家园，摧毁了他们心爱的国家，他们与家人失散，终其一生可能再不得相见。

那些受到迫害和出于政治原因不得不背井离乡来美国避难的人们，他们面临的是另一种生活变化。

我认识一位和妻子一起来到美国的医生，他们到美国时几乎身无分文，不懂英语，在满足执业条件前也无法从业。他必须先学语言，然后重考医生执照，在这期间还要挣钱养家。他和妻子曾经先后做过管家和厨师，附加条件是保证他的学习时间。

随后，他们还得想个办法供他上医学院。这对夫妻开了一家糖果店，专做各种美味的糖果，销路很好。

这位医生考上了医学院，顺利拿到执照。他住在乡下，那里唯一的医生已经很老了，人们可能会需要他。果然，他不久后就在这片地区远近闻名，受人爱戴，如今事业有成。

大部分中年人都会害怕对生活做这种调整，有些人就此屈从于现状。从头再来？那太难了！而这对夫妇却能做到这点。他们有着成熟的人格，他们很清楚自己的定位，并不觉得当用人就低人一等，而是保有尊严地努力工作。当然，努力工作本身就是尊严的一部分。他们从未因地位的改变觉得难堪，他们自知这种改变是有理由的。

外出会友时，他们的身份当然与做用人时完全不同。我总是禁不住想象他们如果与曾服侍过的人正式见面，会是怎样的有趣场景。幸运的是，这对夫妻都不是会因无谓的羞耻感而感到不安，进而变得过于自我保护的人，尽管很多人都会如此。

有很多人到中年，在自己的国家取得了一定地位和相当财富的人，做出了像这对夫妇一样的选择和转变。放弃过去的财富和金钱意味着必须从头开始。他们必须重新学习：学习语言，学习当地风俗，重新接受职业训练——即使自己在祖国已是这方面的专家。对于上了年纪的人来说，做这些事非常烦心，但是为了遵守法律，为了有机会重新开始，他们必须这么做。

在我看来，除了不用学习新语言外，很多到了退休年龄的人也面临同样问题。很长时间以来，我一直觉得我国的退休制度相当有问题。退休年龄应该按个案决定。很多六十五岁的人还和二十年前一样充满活力，经验甚至更为丰富，而他们却面临强制退休的问题。

如果他们足够明智，他们会换个地方，换个珍惜他们经验的地方继续执业。对他们来说，这可能也需要学习新的语言，或者使其知识和经验适应新的职业。

对于那些精力充沛，又在医院执业多年的医生来说，强制退休非常糟糕。这会是一个很难面对的事实。明智的医生会在退休前的几年开始独立执业，这样可以自己控制工作时间。独立执业使这些医生得以继续其奋斗一生的事业，也让他们感到自己仍在用自己的专业为社会服务。

强制退休除了造成人力、正规训练和经验的浪费，在很多情况下，社会也因此失去了许多人才。我还记得一位政府的食品问题专家，他曾被要求前往南非开发新型食品的实际运用。尽管那时他已经退休，他还是在这个岗位上工作了多年，提供了很有价值的帮助，即使他因此需要先回学校学习南非的语言。

我们应该多设计一些退休人群与国外移民的人力资源的使用办法，应当认可他们为社会提供的技能。他们能够越早施展自己的才能，这个国家就能越早因此受益。而现在的处理方法，恰恰是在浪费我们最有价值的财富：人力资源。

科学已经延长了人们的寿命，因此，有必要给老年人一个施展才能的机会。否则，处于受保护的青年和老年之间的中年人负担太重。孩子们靠他们养活，他们还要指导这些孩子接替自己。与此同时，他们还得供养一个不断增长的老年人群。

目前的情况陷入了某种僵局。老年人退休为年轻人腾出位置，其代价却是年轻人必须照顾他们。出于一种没有根据、毫无意义的恐惧，我们造成了极大的浪费。

很多年来，人们的家庭收入并没有明显变化。父辈和子辈的收入差不太多。然而，战争、大萧条以及——或许我可以称为在美国的——无形革命都对收入产生了相当的影响。

年轻人在事业取得发展，收入有所增加时，需要做出一个重要而艰难的调整：他们必须学会如何最好地运用这笔增加的收入。是把钱用于学习？为家里添置些之前没想过的新东西，比如唱片或画作？还是增加用人？他们得做出自己的决定。

我对此很感兴趣，这正反映了一个人如何调整其价值观。在我们这样一个不断变化的国家，必须谨慎对待人们的这种调整。如果人们的经济状况有所改善，但教育水平不高，缺乏对艺术和精神价值的追求，一个国家很难真正崛起。

这正是苏联政府面临的问题。过去，大量苏联人民没有受教育的机会。如今，这是苏联最重要的改革成果之一：人们不仅能够接受教育，教育更是受到高度尊重。藏书成为社会地位和文化水平提高的标志。精神进步和文化发展是通往更好、更富裕生活的道路。

当苏联人在努力扩展，深化自己的文化、智识和视野时，我们不能无动于衷，不能忽视我们自身的发展。

06

成为有用之材

成为一个有用的人——无论以什么形式——是我们呼吸空气、享用食物以及在这个世界生活应该付出的代价。有用本身就是其最好的回报，因为这是一个人快乐的源头。

快乐不应是目的，而应在期待之外。吊诡的是，如果一个人只顾让自己高兴，他一定不会快乐。只需很短时间，快乐就会所剩无几。能让我们保持对生活的兴趣并对未来有所期待的，是给别人带来快乐。

当我独自一人时，我很容易放下手边的事情，只做让自己开心的事。一开始，家人、朋友和同事可能会感到惊讶，不过他们很快就会适应没有我的生活。我的位置会被他人取代，我会被人们遗忘，甚至更糟——不再有人需要我。

自我专注（self-absorption）是另外一种很容易进入的糟糕状态。当一个人沉浸于自我，沉浸于自己的健康、个人问题或日常琐事时，他就失去了对别人的兴趣；更严重的是，他会因此失去与生活的联系。这很容易导致对整个世界和生活本身丧失兴趣，而这正是死亡的开始。

我一直很喜欢堂吉诃德的那句话："生活至死方终。"

曾有人问我获得快乐最重要的三个条件是什么。我的回答是："对自己和身边的人诚实以待；在生活和工作中竭尽全力；拥有爱别人的能力。"

实际上，获得快乐还有一个条件，当时我不知为何落了这条：那就是感到自己是一个有用的人。成为一个有用的人——无论以什么形式——是我们呼吸空气、享用食物以及在这个世界生活应该付出的代价。有用本身就是其最好的回报，因为这是一个人快乐的源头，正如自怜和退缩是痛苦的源头一样。

我还是个小女孩时，有几年与母亲的一位表姐生活在一起。她没有我母亲和其他姨妈们的美貌，并一直因此深感自卑。后来她嫁给了一位温柔而仁慈的绅士，他使她有了存在感，保护她免受一切不愉快的伤害，调整自己以迁就她的要求——很少有男人能做到这点。像当时的大部分有钱人一样，她认识众多名流，起居有人照料，生活得非常满意。

随着年岁增长，她开始失去朋友，我们每个人变老时都会遇上这种情况。她的丈夫去世了，她的手头不再像以前那么宽裕。没有人再像她丈夫那样无微不至地照料她。她无法接受这种改变，也不愿意适应这种改变，一心想回到已经一去不复返的旧日时光。

为了达到这个目的，她开始经常生病，把自己变成一个不能自理的人，以要求别人给予她足够的关注。

我在她那里住了两年——我结婚时就是从那儿搬出来的——尽管很感谢她为我提供住所，但我也记得，像她身边的所有人一样，我必须符合她的要求和想法，必须令她满意。即使当我丈夫成为美国总统，而我的工作也愈加繁忙之后，我到纽约时，还是只能在她方便时去拜访她。

她其实没有什么真正的大毛病，完全有能力好好生活。但她却选择躺在床上，越来越自怜，越来越任性。自怨自艾就像一团雾气那样笼罩在她的房间里。她总说要去听音乐会或去博物馆走走，但是从未迈出过一步。

有一次，我大胆地派了位医生给她检查，顺便倾听她的抱怨。她告诉医生自己非常想再去听听音乐，看看画展，但又自知不可能。

医生直率地对她说："你完全可以去，没什么理由不能去。"

结果，她自此记恨上这个医生，拒绝再与这个医生见面。她已经找到一个强迫生活遂她所愿的办法，不想再做出任何改变。唯一的问题在于，这种生活一点都不快乐。

事实上，如果她愿意，她完全有能力做很多事情。她本可以成为一个好的主管，或者发展其他才能。但她最后得到的却是让别人服从自己。当她发现必须付出辛苦努力才能获得这种能力时，她选择了一条更简捷的道路——使自己抱病在床。她利用了虚弱的力量，这是一种可怕的力量。她想变得快乐，但这种寻求快乐的方式却让她无法快乐。

在我看来，每个人都应当尽早学会不去自怜，学会不把自己的沮丧、失望或坏心情迁怒到别人身上，无论心中多么愤怒，无论多么难以克制。

我还记得一个曾在白宫住过一阵子的小男孩，想起他就令我忍不住发笑。他是个体弱、害羞、爱哭的孩子。有一次我严肃地对他说："没人喜欢爱哭的小朋友。如果你高高兴兴的，大家都想和你玩。如果你又难过又爱哭，没人愿意和你在一起。要是你确实想哭，那就躲到浴室的浴缸里哭。"

几天后，当我穿过门厅时，这个三岁的小家伙正蜷在我丈夫门外的大皮椅上号啕大哭。

我正准备说他两句，没等我开口，小家伙哭着说："我找不到可以一个人哭的浴缸。他在里面呢！"

每个人都应该承担自己的问题，而不是把它们丢到别人头上。有意思的是，当你不再向别人表露自己的不快乐后，反而更容易克服它。

正如我先前所说，大部分女性从小就学会为他人调整自己的愿望和计划。尽管可能对此有些抱怨，但她们应该都会同意，满足别人的需求不是一个负担，相反，它给生活带来了意义。甚至，这可能是一个女性最深层的愿望。

对大部分人来说，渴望被他人需要的愿望比自己意识到的还要强烈。人们常说一个人需要表现自我，但是一般来说，表现自我带来的满足感不如满足他人带来的满足感多。

相对来说，穷人中的青少年犯罪比例更低，一个原因在于穷人的孩子在家中有更多的被需要感和归属感，他们会去分担责任，是家中不可或缺的一分子。人们经常惊讶于那些衣食无忧、几乎应有尽有的富家子弟竟会犯罪。这些富足的年轻人为什么会有反社会举动呢？

问题的症结似乎在于，无论他们家里多么富丽堂皇，他们的父母并没有让孩子感到自己是必不可少的，没有让孩子成为家庭活动和计划的一部分。不过，随着富人的家庭私人服务逐渐减少，这个问题在某些方面已得到改善。孩子明白了自己有责任分担家务，这使他们感到自己是这个家的一分子，被需要的一分子。

每个孩子都有强烈的被爱和被认同的需求，这个夏天我对此感受尤深。我每年都会与一些少年犯一起野餐；他们中的大部分是有色人种，还有一些是被其他处理青少年犯罪的团体拒收的白人男孩，一言以蔽之，这是一群很难对付的孩子。

在上一次野餐会里，有个小男孩朝我走过来，试图抓住我的手。他问我："你还记得我吗？"

我确实记得他，我在别的一些场合也见过他。于是我点了点头。

“那你能说出我的名字吗？”他急切地问道。

这我可答不上来。我每年都会在不同场合见许多孩子，没法记住每个人的名字。我试着向他解释。

他不高兴地盯着我，然后告诉了我他的名字。

几分钟后，他又跑到我身边。“我叫什么名字？”他再次要我回答。这次我答上来了，他很高兴。

过了一会儿，他又跑过来了。“我叫什么？”当我正确答出后，他满意地点了点头。“那你现在肯定记住我是谁了。”他说。

对于那些受环境影响或自身限制，没能建立起独立的人格意识，没能被别人如此认可的人们来说，终其一生都有这种对被认同和被认可的强烈渴望。

不久以前，报纸上有过一篇令人惊讶的报道。报道称，在整个西方社会，意大利北部农村的青少年犯罪率最低。有人认为这绝不可能，同样的人群来到美国后，青少年犯罪率就高得多。

但是，意大利的情况与美国完全不同。在意大利北部，人们以大家庭为单位生活在一起，共同耕种田地。每个人对整个家族都很重要。他们共同承担家庭责任，彼此尊重，彼此依靠。但当他们来到美国后，通常没法像孩子那么快学会新的语言。

这些移民往往会选择与同种语言、同样饮食习惯并能理解其文化的人做邻居，或在这样的环境中工作。与此同时，孩子们在学校与说英语的其他学生打成一片。为了融入学校环境，这些孩子很快适应了美国的习俗，而他们的父母却没有改变。

因此，孩子们经常因父母感到羞耻，在他们看来，父母代表着一种过时的生活。他们不再尊重父母，不再尊重父母的权威，拒绝接受家里的管教。环境变化以及丧失家长权威带来的影响，造成了青少年犯罪率的前述差异。

在我看来，“有用”这个词可以涵盖一个人能为其同胞做的各种事情。它代表着一种同胞之爱，更准确地说，这体现了一个人对别人的尊重。“尊重”是一个高尚的词，它表明了一个人对其同胞的态度。尽管多用于上下级语境，这个词其实是一种平等的象征。在某个更为宽泛的意义上，尊重一个人比爱一个人更难。事实上，被人尊重的感觉可能比被爱更好。爱容易误入歧途，爱在带来美好的同时也造成伤害，而尊重只有好的一面。尊重意味着将他人看得与自己一样重要，将他人的权利看得与自己的一样合理，将他人的需要看得与自己的一样重要。

这种爱与尊重的区别在孩子身上也有体现。一个被宠坏的孩子想得到某样东西时，他会取笑别人，任性而为，他也会常常不高兴。而一个受到尊重的孩子，一个认识到长辈对小孩子也有所要求的孩子，则有着惊人的成熟。一个在尊重中被人认可，知道自己受人信任的孩子，将有着非常出色的自控能力和体贴之心。

我的一个外孙女今年组织一百六十人野餐的经历可以当成一个例子。我每年都会举办一次这样的野餐会。过去的几年，这位外孙女见过自己的妈妈组织野餐会，自己也曾帮过忙。今年，她带领小伙伴们接管了野餐会的组织工作。野餐会成功举办，井然有序，大人完全不用帮忙。在自助餐区，每人都能盛到充足的食物。外孙女信心满满地安排好每件事情，我一边赞叹，一边给予她充分的尊重，这种尊重比仅仅表达喜爱重要得多。后者在她看来是理所当然的，尊重则是自己挣来的。

从某种程度上说，能为他人所用证明了一个人的存在价值。但是学会如何成为一个有用的人，如何识别并满足别人的需求却并不容易。

大部分人首先在自己家里接触到他人的需求，如果家庭成员的关系亲密，孩子们就能在这个环境中学会分担家庭责任。接下来，人们将在最难的一种关系——婚姻——中学会这点，婚姻中的每一方都需要学会理解对方，学会了解对方的需求，方法可以灵活，但要无私地去满足对方。

接下来，当人们意识到自己的小家是社区的一部分，社区又是社会的一部分时，他们要学会如何在这个外沿不断扩大的群体中贡献自己的力量。有一天，人们或许要在全球层面思考这个问题。

社会的需求是无止境的。只要你用心寻找，当你发现这些需求时，你也就找到了贡献自己力量的方式。

我年轻时曾为消费者协会做过一些工作，其中一件就是调查生产人工羽毛和假花的血汗工厂。

接到这个任务时，我大吃一惊。当时，那些工人主要在家里工作，我深感自己无权闯入私宅采访或调查，并因此怕得要命。

但这毕竟是交给我的任务，我也希望自己能帮上忙。于是我前往第一个工厂所在地，一步步走上台阶。如今很难回想那个可怕的情景，尽管距今时间不长，工人的工作环境比起现在却恶劣得多。我亲眼见到四五个小孩子坐在桌边工作到筋疲力尽，每周的工资却少得可怜。

当时的工人常在面临生命危险的环境中工作，公众对此却缺乏认识。直到三角内衣厂的那场大火，在某些大楼工作的女工的安全才自此有所保障①。

为消费者协会工作的第一年，我还曾在社区中心教过一批孩子。这主要是为了让他们每天能有几个小时不在纽约街头闲晃。一次，有个小姑娘病了，恰好富兰克林来找我，他便陪我一起把小姑娘送回她住的公寓。当我们离开公寓回到街上时，

① 纽约三角内衣工厂大火发生于 1911 年 3 月 25 日，是美国纽约市历史上最大的工业灾难，火灾导致 146 名服装工人被烧死或因被迫跳楼致死，死者大多数是女性。这场大火震惊了公众，也唤醒了公众对于工人工作安全的关注。在这种背景下，纽约州通过了一系列改善工人工作条件和劳动安全的法律。

他深深吸了一口气。尽管那条拥挤、发臭、充满手推车的街上根本没什么新鲜空气，但仍然比公寓里的味道好闻多了。

“我的天”，富兰克林惊呼，“想不到还有人住在那种地方！”

然而，这种现状很难改变，除非有人去寻找这些人，了解他们，调查他们的真实情况。只有这样，才能着手改善他们的生活。而在这之前，他们会一直照原样生活下去。

你在任何地方都能找到各种贡献自己力量的方法。在纽约这样的大城市，我认识专为盲人读书的志愿者。任何不怕麻烦，有能力准确朗读并能理解所读内容的人都能做这件事。这能为盲人带来巨大的快乐，在这些志愿者的帮助下，即使不懂盲文，他们也能享受到这些书籍的内容；否则，除非雇得起别人为他们读书，不然这些书将永远对他们关上大门。

任何才华都有无数种为他人带来快乐的方法。如果你是一名演员，或许你自认为才华就是用来赚钱养活自己。那么，下面这个例子或许能拓宽你的思路。去年，我曾邀请亨瑞·贝拉方特[②]为一百多名青少年犯演出，这些孩子的学校就在我家河对岸，我时不时会去看望他们，他们也成为了我的朋友。他们的朋友太少，以至于随便一个访客都会被当成知己对待。

我向亨瑞讲了许多这些孩子的事，他们实在给我留下了深刻印象。令人高兴的是，亨瑞答应找个下午和自己的伴奏一起为孩子们演出。能有这样一位知名歌手为他们表演，孩子们不知该多兴奋。那里的很多孩子都有和亨瑞一样的肤色，他们非常崇拜他，把他当成会保护自己的中世纪骑士。

演出当天，我们一到学校，亨瑞就被孩子们团团围住。那天下午，他的表演比我在华尔道夫酒店听过的还要好，孩子们的反响也很热烈。演出结束后，他们纷纷围在他身边请求签名赠言。亨瑞亲切耐心地回应每一个孩子的请求。

第二天下午，我又见到他用同样的方式给别的孩子带去快乐。这次他没有表演，而是在纽约的布莱斯戴尔儿童医院为住

② 亨瑞·贝拉方特（Harry Belafonte），1927— ，美国歌手、作曲家、社会活动家。人称“卡利普索歌曲之王”，是最成功的美籍非裔音乐明星之一，其吸收了民谣、爵士和世界打击节奏音乐的精髓，在主流音乐方面取得了成功，其受欢迎的程度在黑人民权运动之前绝无仅有，而且他也是民权运动的先锋，2000 年获得格莱美终身成就奖。

院的孩子们签名，给他们以鼓励，这使得孩子们眉开眼笑，神采飞扬。有那么一瞬间，他们甚至忘了自己正躺在支架或托架里。他们小小的灵魂得以满足，使得身体也感觉变好了。

这都是让自己的才能有所贡献的方法。如果你没有特别的才能，就像我这样，那就随便找家慈善组织问问是否需要帮忙折传单、贴邮票。他们很欢迎有责任心、自愿、无偿并认真工作的志愿者。

我认识一个人，在一整天的工作结束后，他每周还会抽出两个傍晚，在附近的老兵医院担当志愿者。一个人愿意放弃这么多休息时间并不容易，而他一诺千金，始终如一。他会推着病人到处走走，给他们开收音机，陪他们聊天，在这些细微又重要的事情上帮助他们。他非常可靠，从没让人失望，当他搬到另一个镇上时，人们十分怀念他。

出于心血来潮而做某事，其弊端就在于不够可靠。一开始，一个人发现某事该做，主动帮忙去做；可随着时间流逝，他又觉得这件事日渐无聊，随之失去兴趣，愈加懈怠，该出现时不出现，该办到的事没有办到。这种三分钟热度的“帮忙者”比人们想象的还要普遍。如果你答应为某个人、某个组织或某个社区做事，请尽最大努力信守诺言。记住，你是被别人需要的。

有一些男孩子，如果邻居家住着一对请不起专业婴儿保姆的年轻父母，他们就会和这对夫妇结为朋友，主动提出傍晚时在这对夫妇的家里做作业，好让夫妇二人有一点自由时间。他们会说：“我们会像在自己家里一样待在你们的客厅，安静写作业。只用给我们一点晚饭，或者允许我们去冷藏室里翻东西吃就行了。”

我很怀疑这些孩子是否知道这对夫妇二人来说有多么重要。这对年轻父母一边要学着带孩子，一边还要挣钱，经常倍感疲累。对他们来说，很少有机会能卸下重担离开家门，哪怕只是一小会儿。

慈善组织和医院，穷人与病患——你在各地都能看到他们，他们对社会有着大量需求。生活中还有许多别的需求，虽然不像前者这么强烈，但也亟待得到满足：触手可及的范围里，就有人会感到孤独；周围人的不快，可能只需要一点点理解和支持就能化解；饥饿、病痛、绝望，也许就在我们的身边。

有件事一直令我感到遗憾，我们人类最高贵的这种本性——崇高的自我牺牲精神以及为了共同利益齐心协力的能力，似乎只在战时、火灾、洪水这样的灾难面前才有显现。多年前发生过这样一件事情。那天清晨，纽约地铁像往常一样拥挤。人们互相推搡，拼命把自己塞进沙丁鱼罐头一样的车厢。他们互不理会，只顾自己，一心只想着挤上地铁。

这时，站台上突然传来一声尖叫。一个女孩滑倒了，一条腿卡在地铁和站台之间。所有人二话没说，立刻纷纷用手推起车厢，让车厢后倾以使女孩把腿抽出。就这样，众人齐力相救，成功把女孩拉了出来，确保了她的安全。

你想知道在这之后发生了什么？当女孩被救出后，人们又回到了推推搡搡，只顾自己挤车的状态。不过，至少他们曾为共同目标团结过那么一瞬。

埃莉诺和《世界人权宣言》。

07

成为独立个体的权利

记住，你不仅有权成为一个独立的人，也有义务这样去做。除非首先取得独立，否则很难做出真正的贡献。

我们如今面临一个重大危险——人们正在丧失自己的个性。周围的一切都迫使我们顺从于一种标准化生活，迫使我们的行为举止符合公认的标准，迫使我们在思考时缺乏主见。而最严重的威胁则来自人们的内心，来自人们的麻木，来自人们在压力面前甘愿投降以求轻松，甘愿交出自我，放弃他的价值以及作为人的意义——他的个性。

生活是你自己的——但只有在你使其成为自己的生活时才是如此。你遵从的应当是自己的原则，自己的行为标准，自己对于对错、真假以及重要与否的判断。当你采纳了别人的原则和标准，或是某个团体或利益集团的原则和标准，你就放弃了独立自我。就你放弃的那部分而言，你变成了一个空心人。

过去的这些年，我曾大量思考是否要顺从主流，思考何时应该顺从，何时不该。由于我的一言一行不可避免地暴露于公众视野，我必须面对这样一个事实：哪怕是琐碎小事或随口之言，在这种聚光灯下都会产生放大效应。

我曾有过一次很糟糕的经历。那时所有报纸都在报道年轻的林德伯格夫妇的孩子遭绑架的新闻[①]。全国上下都很同情这对夫妇，也对这种绑架无助婴儿并让父母饱受折磨的行为非常痛恨。报纸上总能看到关于此案的传闻和报道。

---

① 1932 年 3 月 1 日，实现首次从纽约到巴黎的不着陆飞行的著名飞行员查尔斯·奥古斯都·林德伯格（Charles Augustus Lindbergh）的 20 个月大的儿子遭人绑架，在林德伯格支付赎金之后，孩子的尸体最终还是在野外被发现。此案一时轰动全美。凶手最终被认定为德国移民理查德·霍特普曼（Bruno Richard Hauptmann），后被处以死刑，霍特普曼至死坚称自己是无辜的。受此案启发，英国侦探小说家阿加莎·克里斯蒂写成了著名小说《东方快车谋杀案》。此案也促使美国国会通过《联邦绑架法案》，又称“林德伯格法案”，规定如果绑架案涉及跨越州的边界，则案件升级为联邦重案。

当时我正从华盛顿前往纽约，当我在纽约走下火车时，几个记者带着关于绑架者已被找到的最新传闻找上我。他们问了我一个经典问题：你觉得这个人该被判处死刑吗？

我没时间考虑公众的想法，也没时间考虑自己的话会被怎样报道或者歪曲，径直谈了自己的看法：我不认为任何人应该因此被剥夺生命，判处死刑没有任何好处。如果这个人未来被证明是无辜的，那就制造了不可挽回的司法冤案。如果他是有罪的，将他处以死刑也无法挽回婴儿的生命，无法消除婴儿的父母业已遭受的创痛，也无法减轻他们未来还要经受的折磨。

在我看来，任何犯下该等罪行的人可能都有精神问题。我当然认为不该再让他有机会伤害别人，但我心中总有一个声音反对死刑。一群人有什么权利剥夺另一群人的生命？当然，这个绑架犯应该受到审判，如果证据确凿，对他判处的刑罚应使他不可能再造成这种威胁。但是，我到现在都认为处以死刑是错误的，那天对记者也是这样说的。

这下我可给自己捅了个大马蜂窝。总统夫人竟认为犯下如此罪行的人不该被判死刑！当时的我还不能像现在这样淡然面对负面新闻，我非常担心这番话会对我丈夫造成不利影响。

事实上，这番话并没有造成什么负面影响，这让我再次认识到，想象带来的恐惧远比实际承受的要大。但是，由于身份特殊，我的言论确实可能对丈夫的工作造成影响，这些工作又远比我自己的重要得多，因此，我不得不小心权衡自己言行的后果。如果我说错了什么，至少不是缺乏考虑，鲁莽行事的结果。

顺应主流不是什么新鲜概念。从人类社会创建之初，人们就一直面临顺应主流的压力。一开始可能是服从部落的禁忌，后来是服从教堂或专制政府。不过，人类有着寻找自我和实现自我的本能，这多少会对这种外在压力造成一定牵制，人们天生希望发展自己的天性，希望充分表现自我，与众不同。

如今，这种外部压力不再像过去那么大——前些年，在一些极端情况下，拒绝顺从主流可能带来坐牢、受迫害甚至死亡的后果。但是，这种压力却变得更加隐秘，也更加危险。如今，这种压力是要人们像邻居一样生活、像别人那样思考、按照别人的风格改变自己。屈从于这种压力将瓦解独立自我，丧失个体的完整性；其后果却很有吸引力，你可以借此融入集体，可以有归属感。

有勇气保持独立是勇敢的，也是孤独的。但这总比放弃自我要好得多，放弃自我意味着谁也不是。

顺从主流有两种不同形式，如果没有意识到这种区别，很容易把它们搞混。一种对于在文明社会生活非常重要，即社会性从众。这只是一种礼貌的体现，是表示友好的固定方式。另一种从众则具有危险性，即屈从于别人的标准、想法或价值观，这有可能是因为这么做最简单，因为这可以带来升职或事业发展，因为这可以使自己更受欢迎。

早在童年时期，我们就面临着这个挑战。像大多数事情一样，这一幕也首先发生在家里：几乎所有孩子都希望自己受人欢迎，希望融入小伙伴的圈子，希望与别的孩子做一样的事情。

你的孩子可能会对你说："妈妈，苏西平时也能去电影院看电影。"

"你只能在周末去。"假设你这样坚定地回答。

"为什么我平时不能去？"

"因为这和晚饭时间冲突，因为我希望你好好学习，因为你第二天还要上学，我不希望你睡得太晚。"

“为什么我要和别人不一样？”

这是每个孩子或早或晚都会提出的重要问题，也是每个人都要经历的第一个重要考验——从众还是不从众。

为什么我要和别人不一样？这个问题在苏联被成功屏蔽了，苏联教育的主要目的就是确保没有人和别人不同。在我看来，巴普洛夫在狗和其他动物身上做的条件反射实验，现在被用在了人身上，苏式教育的目的就是消灭人与人的区别，“纠正”他们的个性。

根据一位罗马尼亚心理学家的说法，在苏联，人们并不采用西方心理疗法的那一套。他们采用的是巴普洛夫的方法——平静、非暴力地——“修整”每个人，消除个性，把每个人塑造成驯服、消极的机器人，不仅对别人让他们做的事情毫不反抗，还会乐于这样去做。

苏联的训练进一步加强了这种效果。这种训练从孩子两个月大的时候就开始了。在苏联，新生儿长到五十七天时会被送往托儿所，妈妈则回到工作岗位。婴儿从进托儿所的第一天就要接受训练，全苏联所有托儿所都采用同一套训练方法。

这种训练是这样的：护士每天将婴儿从婴儿床抱到一个台

子上，给他们按摩身体，按摩手法和我国的差不多。如果婴儿哭起来，他就会立刻被抱回自己温暖的小床。这套程序每天都会重复，直到婴儿对此有所期待。他喜欢被人摆动自己的小手小脚，喜欢被一双坚实、温暖的手拉伸身体，喜欢有人在自己的头上画圈按摩。他从中获得了巨大乐趣，在这件事上没有任何人强迫他。

等他长大一些，他会被安排接受更多的训练，这些训练还是由同一个护士，在同样的时间和地点，以同样的方式进行。等他一岁半到两岁时，就可以和别的孩子一起完成一整套训练。在这些接受训练的孩子穿上鞋子，像走进房间那样列队走出房间之前，不会有人跟他们说一句话。

这只是培养顺从、守纪的苏联人民的开始。那里的工人阶级不会反抗，他们已被训练得非常听话，无条件服从任何命令。就像按照护士指示弯胳膊的婴儿一样，他们被动地接受一切命令。

在联合国与苏联人共事的经历使我痛苦而恼火地认识到，他们从来不会妥协。苏联人既不听你的论证，也不关心你的理由，上级让他们怎么说，他们就怎么说。他们发言时的观点都是安排好的。与他们谈话时，你得小心地逐条回应，所有这些都会被详细汇报给莫斯科。另外，除非接到上级命令，否则他们第二天会原封不动地重复头一天的发言，完全无视这些话已经说过一遍。

与苏联人的这种拉锯战有时让人非常受挫，也很生气。不过不管怎么说，即使无法沟通，动口也比动武要好。因此，我们仍在不断尝试。我们必须做此尝试。尽管无法达成一致意见，至少双方能达成某种临时方案，这总比毫无结果要强。

人权委员会制定人权宣言时，曾有过一个经典事例。人权宣言中有一条是保护人民工作的权利。苏联代表对此条款的表态是："我国政府是唯一能保障人民享有此项权利的政府。我们的政府掌握着所有的工作岗位，它将保证每个人都有工作，国家建设需要每个人都贡献力量。"

而美国代表的回答是："我们对此条的理解是，政府有义务创造一个经济环境，使得任何想工作的人都能找到心仪的工作。除此之外，政府还有确保公民免于挨饿的义务。如果人们由于自身之外的原因找不到工作，政府就应该创造工作机会。"

这两种法条解释均被记录在案。由于两国谁也不认可对方的解释，各方就按照自己的理解接受了此条。

为什么我要和别人不一样？每个父母都应该向孩子解释其原因。但是，这并不意味着要去支持“和别人一样”的这种想法。孩子越早克服这种要和别人一样的想法，越是对所有人都有好处。否则，这将导致你家和别人家过着同样的生活，而这正是这个国家所面临的真正威胁。

如此多人因为邻居拥有某样东西，自己也要添置一件，这实在让我感到吃惊。得不到这样东西会让他们非常痛苦，而得到这样东西通常要做出某种牺牲。最糟糕也最常见的情况是，他们并非真心想要邻居家的某件东西，他们与邻居其实是品位和价值观都不相同的两类人。

时不时会有人告诉我，和别人保持一致的压力能带来诸多好处。比如这会给你带来前进的动力，让你怀有抱负。这显然是一个错误的理由，除非你的理想就是当一个和别人一样的人，后者则太荒谬了。

你的理想应该是尽可能深入地去生活，尽可能多地享受、体验、理解生活，从生活中汲取尽可能多的兴趣，而不是仅仅追求所谓的“成功”。

说到成功，某天我收到了一封来信，信中请我重新定义一下何为成功。

这让我回想起自己几年前对成功做出的一个定义，这封信的作者希望我能重提这个定义，并进一步详细解释。在他看来，如今很多人都在探索何为真正的成功。

我倾向于认为，成功在很大程度上意味着做真正的自己。

在回信中，我告诉那位年轻人，成功是多种多样的。很多人似乎认为有钱就是成功的全部。说到底，对财富的拥有很大程度上是贪婪的表现，如果取得财富是靠剥削他人，那么这种成功毫无意义。如果一个人靠压榨他人变得富有，靠出卖自己的荣誉变得富有，那么是别人的代价使你获得成功，并不能算是你自己取得的成功。

不过，如果一个人做的事情对他人有益，如果在事业扩展的同时给别人带来机会，那么他就做出了自己的贡献。

单是财富的积累并不等于做人的成功。守财奴也能做到这一点，但他在做人上是失败的。成功应该包括两个要素：一是最大程度发挥自己的潜能，二是对社会做出自己的贡献。

莫扎特虽被葬在穷人的墓地，却是世上最成功的人之一，他在三十多年的生命里尽情施展自己的音乐才华，给世界留下了宝贵的财富。最终极的成功，就是对全人类做出贡献。

孩子的那种“别人有什么我也要什么，别人做什么我也要做什么”的想法，一旦出现应该尽快纠正。这是儿童教育中非常重要，且影响深远的一部分。这能避免孩子日后因承受压力而放弃自我，避免因懒惰而没能鼓起勇气充实地生活，避免沦为平庸的人。

我对很多母亲强调过这点。但是，她们会反驳说：“这很难做到。你没法说服孩子这样做对他们更好。”

这当然很难做到，除非你自己先做出榜样。如果孩子生长在一个说一不二，标准统一的家庭，做到这点对孩子来说一点不难。他们会接受父母的价值观，并以父母为榜样。但是，如果父母说一套做一套，孩子们就会抗拒管教，并对父母的要求毫不在乎。

比如，你告诉孩子不能因为别人有自行车就给他也买一辆，但同时自己却想要一台和邻居家一样的洗衣机，孩子的爸爸也因为没有别人的职位高而整天闷闷不乐。这样你就使得自己的教育毫无说服力。

如果你能遵守自己的原则，孩子们也会接受你的理念。我认识一对年轻父母，在他们家里，购置新的唱片或书是件让全家上下都很兴奋的事情。父母的态度让孩子也学会了珍惜书籍，也以同样的期待聆听唱片（即使并非摇滚乐）。有一次，一个孩子听出了一首贝多芬的奏鸣曲，让旁人大为惊讶。

“这有什么可奇怪的。”孩子说。“一买回新的唱片，我们全家就聚在一起听。我一直听的都是这些音乐。”

这些人并不追赶潮流，他们只跟随自己的理念。他们可能拥有整个街区最小最破烂的车，但他们对此并不在意。他们满足于自己拥有的另一些东西，这些东西给他们带来了真正的乐趣。

只有口头教育是不够的，孩子们必须看到你身体力行，才会真心接受你的教导。

我希望有更多人能认同这点。几乎每天都能看到父母对孩子提出自己做不到的要求。如果孩子发现父母没有对自己说实话，他会认为说谎就是解决问题的办法。如果孩子看到父母一心追求物质财富，他不会认为精神价值有多么重要。如果父母口口声声支持民主，自己却纵容不公和歧视，会让孩子认为他们的说教空洞而虚伪。如果你希望孩子成为一个正直的人，你自己必须首先说到做到。

帮助孩子战胜从众心理的一个有效办法，就是教会他们从自身出发考虑问题。孩子们应当参与家庭讨论，应当形成自己的观点，大人则要鼓励他们充分表达自己的想法。由于缺乏经验，孩子的大部分立论并不充分，即使如此，父母也不该以“长大了你就明白了”或者“你根本不知道自己在说什么”作为回应。

我们家的政治观点非常分化。儿子们很喜欢聚在一起讨论和研究问题。我一直认为这种讨论非常有益，除非它变得过于白热化。遇上这种时候，最好活跃一下气氛，或者干脆换个话题。

当然，鼓励孩子在家畅所欲言也会带来一个问题：当他们与外人交谈时，他们会理所当然地认为别人也能像父母那样倾听自己的意见，而这可能带来问题。孩子们必须学会考虑别人的感受，这就是我所说的社会性从众。这并非是指放弃自己的理念，而是区分何时可以向别人提出要求，何时这是无礼的做法。

每个孩子在成长过程中都应学会为他人着想，学会理解他人，尽可能不与他人对立。如果你在一个宽容的家庭环境中成长，你可以在自己家里辩论得面红耳赤；但在别人家或在别的长辈面前，如果他们不希望孩子表达自己的意见，你也要学会体谅他人。对于进入社会，与他人相处来说，体察他人的要求和感受是一个重要能力。

我认识的许多上了年纪的人，并不喜欢看到孩子表达自己的看法。如果孩子们想在他们那里受欢迎，就要学会适时沉默。当然，这并非指用谎言回答问题，而是当自己的观点可能惹恼别人时，没必要非把它们说出来。

但是，父母必须对孩子讲清楚，环境不允许他表达自己的观点，不代表他可以对此没有看法。在这个时代，每个人都应当对基本人生问题有自己的看法。一个人必须确定自己的立场。在与朋友讨论时，你必须有能力表达和论证自己的观点。单纯表示反对是不够的，还得能说出反对的理由。

父母应当教导孩子独立思考，不要在欠考虑的情况下贸然接受别人的观点。这是一个人在智识和精神上对自己的义务。

孩子看上去不太合群，有时这会令父母感到担忧。一般来说，从众会让一个人活得更加轻松。作为美国人，我们不应当有这种倾向。很多人都试图将别人改造成同一个样子，他们以同一种方式思考，做同样的事情。而如果你去观察自己的孩子，你会发现不适合自己的东西可能恰恰符合他的喜好。

我经常会听到自己的孙辈抱怨某个小伙伴不愿意和大家做一样的事情。有意思的是，这通常是因为其中的某个孩子更爱读书而非看电视，更爱捣鼓自己的爱好而非去游泳。我有个侄孙，只要给他几个线轴、几卷电线、一些杂物和几个钉子，他就会心满意足。他能一个人建起一套与隔壁房子通话的通信系统。我不清楚他在忙些什么，也不了解他忙这些意义何在，但我知道应该尊重他的个性，让他发展自己的兴趣爱好。

我并非鼓励人们只按自己的想法自私地生活。事实上，就像我厌恶和反对非理性地屈从于任何压力一样，我非常认同社会性从众的重要性。我之前说过，这在很大程度上是个人修养的问题。现如今，很多人已经忘记礼貌有多么重要，忘记礼貌可以担当人际交往的润滑剂，让别人感到亲切和愉快。我这里指的并非是那些死板的社交礼仪，而是指那些小小的善意之举，这也正是所有正式礼仪的基础。为女士拉开座椅，礼让女士先行，为老人让座，这些简单的、发自内心的善举可以避免伤害别人或使别人不安。

尽管这是人际交往的基础，但并不代表你要为了迎合别人改变自己的观点。尤其当你发现自己的想法与邻居或同事们相距甚远时，更不必刻意去迎合他们，这样做也没有任何好处。如果你能坚守自己的观点，最终会赢得别人的尊重。

生活是你自己的，不是任何其他人的。你自己决定何事重要，不用听从别人。你迟早会发现自己没法一直取悦所有人，总有人给你的行为安上完全不着边际的动机，总有人会误解你的话语或行为。一个人得尽早学会不再期待所有人都理解自己。

确保你所爱的人（无论家人还是朋友）尽可能地理解你的意思，这是最重要的。如果他们信任你，他们也会相信你的动机。不过不用强求，也不必期待有人能在每件事上都赞成你，想都不用想。若想取得这样的统一阵营，你可能需要牺牲自己的独立性。

为什么这么多人害怕按照自己的想法生活？我始终不能理解这点。一个人能摆脱自己的邻居，但他没法摆脱自己，他必须满足自己的要求。

我很喜欢看到人们恰当地表达自己的个性，穿衣打扮便是一例。大部分人都急着追赶潮流，并不关心衣服是否适合自己，是否符合自己的需要。我自己喜欢穿简单舒适的衣服，是否时尚并不重要。我会选择那些最舒服、最合我意的衣服。

我常常忆起我外祖母的一位朋友，也是我的忘年交。孩子还小时，我经常带他们去她那里坐坐。在这个一切都已标准化的世界里，她依然保持着自己的个性和气场，尽管周围环境日益嘈杂，她却宛如一片平和安静的绿洲。我到现在还能想起她端庄地端着银质茶碟的样子，那是一套精致的德累斯顿瓷器。她的白发高高堆起，总是穿着白色或淡紫色的拖地长袍。她从不为了赶时髦而改变自己的衣着风格，她的衣服与她的气质非常契合。

刚以八十岁高龄去世的著名键琴家旺达·兰多芙斯卡女士，一生坚守着自己的个性和音乐风格。她也有着一套自己的穿衣风格：飘逸长裙配上天鹅绒芭蕾舞鞋。无论上台演出还是休息在家，她的衣服都是如此。她看上去并不奇怪，看上去就是兰多芙斯卡。我们当中，又有多少人敢于表现得像我们自己？

同样的从众心态越来越体现在一个本该完全属于我们自己的地方——家里。家本该是体现个性的地方。家具应该符合你的生活方式，装饰画应该是你喜爱的，颜色搭配应该是你中意的。如果你请设计师设计房间，却不告诉他你的偏好，你就放弃了表现个性的机会。

当然，如果你很想模仿某样东西，比如某个钟爱有加、很有共鸣的房间风格或家具，这仍是在表现自己的爱好、品位和个性。但当你放弃自己的审美，把房间弄得毫无个性时，你就脱离了这个环境，它对你来说毫无意义。

蜜月旅行时，我和我丈夫曾在一座法国城堡中见到一些雕有花纹的棕色藤编家具，几把硬椅和一个沙发。回家之后，我们定制了一些类似的家具摆在画室里。若不是被这种家具风格深深吸引，并且希望以此来怀念我们的蜜月之旅，我们不会下这个订单要求制作一套法式家具的。

坚守自己意味着对自己的品位有一定自信。这恰恰是许多人之所以从众的原因——缺乏自信让他们害怕按照自己的风格行事。就这点来说，父母可以用各种方法教育孩子，让他们对自己的审美充满自信。如果没有亲眼见过美的事物，如果不懂怎样运用颜色布置房间，一个人确实会对自己选择的家居用品缺乏信心。

我的秘书汤普森小姐和我共事了三十余年。有一段时间，她的住所由我提供。她迟迟定不下自己房间窗帘和地毯的样式。最后，我不得不陪她去选购。

“我挑了一个月。”汤米说，“你一下子就搞定了！”

“你之所以始终不敢决定，部分原因在于你不敢花我的钱。”我对她说，“还有部分原因在于你不确信自己会喜欢自己的选择。而我则愿意一试。”

渐渐地，随着和我一同在欧洲出差以及在家中的耳濡目染，她见到了更多美的事物，逐渐有了自己的鉴赏力，知道了自己的喜好。后来，她对自己的品位充满信心，也有勇气展现自己。

记住，你不仅有权成为一个独立的人，也有义务这样去做。除非首先取得独立，否则很难做出真正的贡献。

大型机构越来越强调员工的服从性，除了要求统一的行为甚至着装以外，尤其要求思想一致。人们有时把这称为“动态统一”，这个有趣又矛盾的词似乎是为了给炮弹裹上糖衣。让我感到好奇的是，这些在其他方面都很保守的大型组织，似乎比任何其他团体都更倾向于培养苏联巴普洛夫式的个人。

这是一种非常短视的做法。当一个人失去——或是主动放弃——自己的个性，他能做出的贡献在很大程度上也受到削减。这会导致工作创新性的减少以及各方面价值的降低。一个人除非能保持自己的独特风格，坚守自己鲜明的个人观点，否则，他所做的无非是重复别人的观点，几乎没有价值。

正是灵活、独立的思想与创新精神——当然，外加我们的各种资源——使得美国经济发展如此迅速。如果这些增长之种不再结果，如果我们不再培养公民的领袖气质和勇气，而是甘当被动的追随者，总有一天我们会发现自己已被他人取代。

很多人痛苦地告诉我，他们“负担不起”保持个性的代价，若想“超越别人”，就必须交出自我。我的看法是，没有人负担得起不再为人的代价。当你一个人独处，发现自己面对着一个机器人时，任何成功都无法弥补这种缺失。有人曾反问过：“你想超越的是谁？”我不在乎是否超越别人，我只想超越自己，只想尽可能地发展自我，但我不会以别人为标准衡量自己。

我经常能听到这种说法：要想保住工作，一个人不得不做出妥协。如果必须如此，那就将这种妥协降到最低，并在非工作时间按你自己的想法去生活。这种生活态度最终甚至会改变你的工作环境。

问题在于，真正能说到做到，按自己的理念坚定生活的人并不多见。斯宾诺莎曾经深刻地评价道：“只有付诸行动，才是真正的信仰。”

你也许不得不做出妥协，那么，是否可以不支付过高的代价，是否可以不因此有损于人格。当你没有捍卫自己的信念时，好好想一想，你真的想用这种方法贬低自己吗？

人们在妥协时需要权衡。对于不可避免的妥协，如果你确定不会因此迷失目标，如果妥协能换取哪怕一点点进展，这种妥协总体上还是值得的。一般来说，人们不会一下子接受你的全部想法，你需要一点点来。哪怕只是一点进步，都是对既有目标的坚持。但如果就此放弃，你将难以自解。真正伤害一个人的，是发现自己缺乏勇气。

随着自动化技术的发展，相当一部分人会发现维持独立自我越来越难。我们很可能失去独立性、失去发展个性的机会。对于一个以个人主义文化为豪的国家来说，这是非常致命的。

顺从主流的持续压力是件危险的事情。我们每天都会听到各种说法，不断有人告诉我们应该相信什么，以至于人们有时不知道该相信哪个。但是，人们必须有自己的立场，必须形成自己的价值观念。这也是我之所以坚持孩子必须从小学会独立思考的原因。有一件事是确定无疑的：如果他们不会自己拿主意，就会有别人替他们做决定。

人们经常批评是我导致我的孩子在婚姻中犯下错误并且离婚。我只能说，当孩子们长大成人后，父母没有任何权利干涉他们的决定。如果他们征询你的意见，你只能表达自己的感受和想法。但在那之前，将自己的想法强加于任何成年人都是对他人的侵犯。在表达自己的想法时，你也要认识到自己和孩子是有区别的，必须尊重你自己赋予孩子的这份根深蒂固的自主决定权。

有一次，有人问起我丈夫，为何在他竞选总统时没有要求孩子不要离婚。

“孩子们的事情应该由他们自己决定。”他说，“这和我的政策主张是否为人们接受毫无关系。我并不认为人们会觉得我需要对孩子的行为负责。我只对自己的判断和行为负责。”

埃莉诺与伊丽莎白王后，1939 年。

08

如何知人善用

无论贫富，我们都希望孩子受到良好的教育，都希望他们比我们过得更好。无论贫富，我们都希望得到邻居的尊重，如果可能，还希望为他们所喜爱。无论生活在怎样的环境，我们都将经历爱与死亡。就人生中的重大事件而言，人与人之间的共性远大于个性。

没有人可以纯靠单枪匹马。生活中几乎每件事都离不开与他人的相处。即使像林肯、甘地、丘吉尔这样的伟大领导人，即使他们完全有能力独立领导，还是需要召集一批追随者以实现目标。只有调动他人的参与，才能最终实现变革。

我们需要让孩子认识到，单凭自己就能完成的事情少之又少。除了个人发展以外，孩子们还需要学会与他人合作。当然，这需要对他人有一定了解，并能找到最好的相处之道。

相互尊重是所有文明社会人际关系的基础。尊重在家庭中非常重要，也是友谊不可分割的一部分，更是与同事相处的基本要求（无论职务高低）。除此之外，在与其他国家人民寻求合作的过程中，这一点也愈加重要。

在这个自动化程度越来越高的社会中，人们亟须被当作个体对待，而非仅仅是人群中的一张面孔。这是一个相当可悲的心理需求。一个在大机构任职多年的人曾经骄傲地对我说："开电梯的人认识我，我甚至不用告诉他自己是哪层的。"这话听上去真让人难过。

每个人都希望自己在别人眼中是独一无二的，这一点绝不能被忽视。缺乏认同感会让一个人感到无依无靠。就像希腊神话中的巨人安泰，当他能够触碰大地时，他就变得刀枪不入；只要把他举起来，就可以轻松将他打败。

与人相处讲究很多技巧，一个人越早学会这些技巧，就能越早改善自己的生活，使得各种事情更加顺利。除了应当从小学会尊重他人以外，一个人还应学会用心观察别人，以便下一次能认出对方，给对方以受重视的感觉。

如今英国的王太后，当年年轻的伊丽莎白王后陪同国王访问美国时，她只用一个小小举动就收获了一大批支持者。她在开车穿过或步行走过拥挤的人群时，会将目光落在其中的一些人身上。当她走过时，这些人就会高兴地喊道：“王后刚才看我来着！”

这是我之前在公众场合完全做不到的事情，我把它当成一个绝佳的榜样。在我自己的尝试中，我并没有看向所有人，而是盯着人群中的某个孩子或是一两个听众。这会让他们周围的人也以为我在看着他们。

尽管这两个都是面对公众的方法，在单独面对个人时，也应采取相同的办法。我得承认，在白宫的茶话会上，我有很长一段时间认不出从我面前经过的人。一开始，站在原地与人握手让我感到疲倦，习惯之后稍好一些。这种疲倦感部分是因为仅仅看着人来人往实在毫无意义。不过，不久后我发现，当你用心注视他人，热情、真诚地与他人握手时，这就不再是单纯的机械性动作，而会让别人感到亲切。

当然，这样做的后果有时也略显尴尬。尽管茶话会已结束多年，还是会有人在见面时对我说：“我在白宫与您握过手哪。”他们显然希望我还记得他们。这有时会给我带来小小的困扰，不过，这么做对别人还是有意义的。如果你确实曾经专注于对方，哪怕只有一小会儿，也能给对方带来一种被认可感。

“二战”期间，当我在南太平洋探访时，我曾穿过一个又一个病房，尽可能多地慰问伤员。尽管事隔多年，但几乎在每一个州，尤其在国外，我总能碰到有人对我说：“您还记得我吗？我当时在左侧第二排的四床。您和我谈起过家乡、家人，还有当兵前的工作。”

由于不好承认这些伤员已在记忆中混为一体，我只好回答：“当然记得。”偶尔，由于当时发生的某些事情，我确实对某个人留有印象，不过绝大多数还是忘掉了。但是，至少当时彼此的亲切握手、那些家乡的消息以及总司令的鼓励，还能让人忆起那段短暂的时光。

如果你以开放的心态面对每一个遇见的人，你会发现自己越来越有兴趣，不断被他人新的思路、经验和性格所吸引。这并不限于那些全球知名人物，而是包括各行各业、形形色色的人们。他们总会给你带来惊喜，只要用心发掘，你总能在他们身上发现意料之外的优秀品质和兴趣。

若想真正地探索人性，一个人需要在实践中发展两项能力：一是耐心倾听，二是换位思考。换位思考要求一个人去感受别人的所思所感，尽可能去理解别人的生活背景、思想根源，理解形成对方思想的习惯、信仰和观念。

当然，这对上了年纪、经验丰富的人来说更容易做到，不过，一个人应当从年轻时起就这么做，这样不仅能积累经验，也能在真正成熟时用上这些经验。事实上，只要你付出足够努力去理解别人，即使对方完全在你的经验之外，你们也能最终达成相互理解。

对我来说，通过与矿工的妻子们坐在一起聊天，我才真正了解她们的想法和感受，真正了解当一名矿工的妻子是什么感觉。这种认识并非一蹴而就获得的，而是通过大萧条期间无数次与她们的交谈得来的。记不清有多少次，我坐在她们狭小的厨房里与她们聊天，有时她们的丈夫也在，不过永远有一群不到上学年龄的孩子围在她们的裙子旁边。一般来说，生病的孩子躺在唯一的一张床上，当我问起其他孩子睡哪里时，他们的妈妈指向一个没有窗户的小房间，地上铺的麻布袋就是孩子的被褥。

在这样的环境倾听这样一位女人谈话，你会感到自己正在一点点地理解对方。很多年来，你可能抽象地知道人们存在某种需求，但只有当你真正与这些人对谈，倾听他们的心声，你才能真正理解他们。

如果你希望与他人融洽相处，希望从与他人的相处中获得最大的收获，仅靠赢得信任是不够的。你还要知道如何与他人有效沟通。如果你对他人的背景或观点缺乏了解，你会发现自己就像对着空气说话一样，无法打动对方。

要有打动别人的能力！这是演员的基本素养，他们必须学会判断观众的反应。海伦·加哈甘·道格拉斯[①]曾经说过，她受过的表演训练对她的政治生涯很有帮助。在表演课上，她学会了观察听众的反应。当她发现自己没有阐述清楚观点，或是演讲没有产生预期效果时，她就会在必要时改变演讲内容，换

① 海伦·加哈甘·道格拉斯（Helen Gahagan Douglas），1900年11月25日－1980年6月28日，美国女演员、政治家。她是加利福尼亚州当选的第三位女性国会议员，也是该州当选的第一位民主党女议员。

一种更有效的表达方式。

我一直认为，我丈夫的炉边谈话[②]系列之所以非常成功，是因为他能以清晰简洁的方式解释复杂的问题，使得所有人都能听懂他的意思。他经常引用自己在海德公园与隔壁农夫的谈话来阐述自己的观点。尽管与农夫谈论的都是些本地小事，却常常被他用来解释有关政府的复杂问题。

我认识的一个年轻人，与学生交流很有一套。他很能理解学生的想法，又能站在他们的角度考虑问题，这使得他与学生的交流毫无障碍。实际上，上述两点可能也正是我们与他人相处的关键所在。这位年轻人曾担任全国学生组织[③]的主席，之后也曾在多处任职。

他对学生团体做的一个演说，让我认识到推己及人有多么重要。他说，他还记得作为年轻人刚被征募入伍，接受新兵基

② 炉边谈话（Fireside Chats），是罗斯福于 1933 年到 1944 年期间，通过广播所做的 30 次演说。通过这些演说，罗斯福坚定了人民关于国家复苏的信心，并与人民分享了他对国家未来的期望和计划。这些演说的时长从 15 分钟到 45 分钟不等，其中百分之八十的用词属于英语词典里的 1000 个常用英语单词。

③ 全国学生组织（National Student Organization），建立于 1947 年，是一个全美学院及大学的学生会联盟。1978 年与全美学生游说团（National Student Lobby）合并，组成美国学生协会（United States Student Association）。

本训练时的那种感觉；知道在有足够经验理解某些制度之前，这些条条框框看上去是多么愚蠢。他告诉这些学生，有些制度他到现在也看不出有什么意义。

用这个故事作开场白，他成功地吸引住了听众，即使他们从未思考过他要讲的政府问题。他继续讲起即将离开学校参军服役的年轻人，进一步与听众建立认同；随后他正式展开主题，谈论起国家防御的几个要素，在保护国家方面的需求以及在这方面的公民义务。以个人问题作为切入点，他成功地在主题展开之前，就抓住了听众的心。

在与他人相处时，有些人认为只需将自己的意志强加于别人或通过下命令，以一种主人对奴隶的独裁态度对待别人。不幸的是，拥有这种想法的人，有些还处于重要职位。当然，这种办法有时也能奏效，也能使别人听命于你，但这会使别人失去自尊，并对你产生憎恨。强迫他人服从或许有其价值，但它不可能替代自愿、非强迫的合作。

对员工的抱怨是一种常见的关于人际交往的抱怨，无论是家里的用人还是单位的员工。我很想问问这些不满意的人们是如何与员工相处的，是否做到尊重并体贴员工，是否将员工视为独立的个体，是否对员工给予信任，是否在员工表现出色时给予称赞和认可。这些方法都能激励员工，使他们加倍努力，与其带来的效果相比，都是一些微不足道的小事。然而，无论自己有多希望得到称赞和认可，无论这样做有多值得，人们总是吝啬夸奖和认可他人。

这些年，我曾和不计其数的委员会共事过。我经常观察这些委员会的主席如何与志同道合者成功合作或不欢而散。很多时候，一个项目之所以陷入毫无必要的停顿，仅仅是因为某个环节出了人事问题。

造成这种局面有时是因为过于自满，不能虚心待人。这简直是最快的树敌之道。我认识一个学校董事会主席，他自大到懒得向别人解释自己的想法和理由。他的目标都很好，但态度却使得没有人想与他合作。结果，他所在社区的学校如今几乎没有任何资金，甚至无法向学生提供午餐和校车。这种为了自大付出的代价过于昂贵。

如果一个人表现得过于自足，完全不需要同事的帮助和支持，他也很难与别人相处，尤其是委员会这种工作。寻求他人帮助是一个非常有用的社交之道。如果别人认为你确实需要帮助，并会对此心怀感激，他们会尽最大努力帮助你。

在与他人共事时，你必须牢记自己是与各色各样的人相处。有些人希望自己在别人眼中才智超群，另一些人则不喜欢显山露水。聚集一群人并调动他们的最大积极性并非易事，关键在于找到一个共同愿景，使人们感到自己是共同体的一员，并激励每个人为共同体做出自己的贡献。

当然，建立这种保持多样性的共同体之前，你首先需要给出一幅清晰的目标图景，将共同目标告诉每个人。如果你能做到这点，再加上善于倾听，就能够调动每个人主动贡献力量。

多年的经验告诉我，只要善用头脑，多做尝试，每个人都能学会与他人共事，学会理解与自己并无交集的人们。但这需要耐心，需要有一颗愿意聆听的心，需要做出理解他人的尝试。

除此之外，也需要一个人认识到，实现共同目标比执着自我更为重要。我经常在团队合作中看到这样的情景：某个团队成员提出一个设想，这个设想本身可能确实正确，但是，仍有其他成员表示质疑。结果，提出设想的人对质疑之词激烈反驳，因为自己的主意没被认可而出离愤怒，最后他什么也没得到，最初的建议被彻底摒弃。

假设这个人能接受批评，不与其争辩；假设这时有人想出一个新的方案；这种情况下，初始提议者的目标应当是促使各方就最佳方案达成共识。如果他有足够的智慧，他会虚心接受批评，而非愤怒地予以反对。如果他有足够的智慧，他会考虑他人的建议，在能接受的范围内予以认可，进一步提出修改意见，使方案越来越接近最终目标。

最终方案可能由某个第三人，甚至是某个曾经反对最初设想的人提出来的，这个方案与最初设想没有什么本质区别，只是吸纳了之前做出的所有改进。如果最初方案的提议者有足够的大局观，他会为这个结果感到高兴。但他如果追求个人功劳，则有可能失去一切。在团队合作中，实现目标、功成不居是更明智的做法。

从长远来看，无论在社区、商场还是政府，做出更大、更有价值贡献的，永远是那些有能力吸收他人想法的人，而非那些忘记自己首先是与传播思想的人打交道，而非与想法本身打交道的人们。

学会在自身环境中与各种人打交道虽然不易，却非常重要；具有同等重要性却更难做到的，是与来自不同环境——不同种族、不同文化——的人打交道，他们有着完全不同于我们的习惯和思维模式。就这点来说，世界的未来，以及我们自身生活的未来，可能正取决于我们与其他民族相处的能力。

愿意去了解共同生活的他国人民的风俗习惯、思维方式和生活背景，是做到上述这点的先决条件之一。我们中有太多人认为其他文化的风俗习惯都是可笑和错误的，可以拿来嘲笑或者蔑视。没有比这更具破坏性，更加愚蠢的错误了——这实在非常愚蠢。对于任何长久的，或是受重视的关系来说，缺乏对他人习俗的尊重都是致命的。

当然，一个人可能因为缺乏对他国的了解而犯下无心之过或冒犯他人。我曾听一群年轻人讲起一个多国会议。会议主席也是个年轻人，几乎没有相关的组织经验，对其他国家与本国习俗的差异所知甚少，也没有认识到提前学习这些知识对于接待外宾的重要性。

他热情地向大家介绍起自己计划的一些集体活动，这些活动均由男女代表共同参加。出乎他的意料，这一安排几乎毁了整个会议。那个年代，男女平等的概念对于日本代表来说简直闻所未闻，在他们看来，这种做法极不得体。

了解情况之后，这位会议主席重新进行了安排，终于在不冒犯别国习俗的情况下完成了活动。这还算是一个理想的结局。我们常常对陌生习俗和观点感到不耐烦，甚至粗鲁地无视其存在，似乎只要和我们不同，就是错的！

这也许正是我们越来越难在海外建立盟友的原因，尽管在其他方面，就收到的金钱、物质援助和不求回报的善意而言，我们也获得了这种友谊。但我们还是没有做到开明地理解、宽容和尊重他人。

我们的目的不应是改变他人的风俗习惯，而应是了解他人，有可能的话，还要去理解他们。这不是件容易的事情。举例来说，我们身边有哪位年轻女性能理解日本人的存钱袋风俗？

这个风俗是一位做报业的年轻日本女士告诉我的。有次她对我说，在她看来，日本最大的问题就在于这个存钱袋风俗。

我不解地看着她。

“您不知道吗？在每个日本人家里，最年长的女性——也就是家中所有女性之首——拥有一个皮制存钱袋，每个家庭成员都要把自己的收入放进去，再由她根据自己对每个人用钱需求的判断将钱发给大家。随着生活方式的改变，这对我们来说越来越难接受，年轻女性已经在反抗这个古老的办法了。”

我第一次到访印度时，深深被他们表达问候的方式吸引住了，他们行的是合十礼，而非握手致意。在孟买的一个大型招待会上，我观察着东道主一桌桌地招待用餐的宾客。当她走近每一桌时，他们就会用这种典雅的手势相互问候。

不久，我被安排到阳台上向人群致意。我决定不再像在美国时那样向他们挥手，而是试试他们的问候方法。果然，这个小小举动收获了人们的热烈掌声。认同和尊重他人的风俗习惯虽然只是件微不足道的小事，却能帮你收获彼此的尊重和喜爱。

在泰国时，人们曾告诉我身穿黄袍的佛教僧人不能与他人握手，也不能接触女性。但是，我极其愚蠢地忘记了这条忠告。当我在耶鲁与外国学生对谈时，我看到校长办公室里有位年轻僧人——他是一位交流生——便习惯性地向他伸出了右手。就在那一瞬间，我意识到自己犯错误了。

“抱歉，请一定向他解释我知道这个不能握手的风俗，只是刚才一时忘记了。”我对校长说，“我完全无心冒犯，并欢迎他的到来。”

即使是代表商业机构或因政府公事出差的人，有时也对他们所拜访国家的风俗缺乏了解。假如对此比较敏感，这种缺乏了解和准备不足会使他们囿于本国人的小圈子，怯于结交新朋友，最多与那些在语言和习惯方面比较熟悉的外国人接触。显然，这大大降低了我们与他国人民交往的意义。而这仅仅因为我们懒得去了解他人。苏联人就不会犯这样的错误。他们在出国前不仅会认真学习对方的语言，更会详尽掌握该国习俗。

不久以前，有位富有洞见的外国政治家对我说：“在以金钱和物资援助他国的这件事上，美国付出的几乎比任何其他国家都要多。但你们很少收获真心的感谢，也没交到几个真正的朋友。”

我问他这是否因为没人愿意只当被援助方，是否因为美国从未表示愿意在给予的同时也接受他人的援助。

这也许算一个原因，他说，但总的来讲，是由于大部分美国人在与外国人打交道时没有让人感到亲切，没有让人感到他们真心想了解对方。这种出离感无法让人感到彼此在共享经验，否则，人们会更容易接受美国的慷慨赠予。

尊重他国的风俗习惯，尤其是尊重那些不同于我们的文化背景，其重要性无论怎么强调都不为过。在我看来，我们应当尽可能地去尝试接受他人的习俗。我还记得日本人教我用筷子时有多么兴奋。尽管用得不好，但我至少愿意试一试。

另外，有时你也会遇上完全无法接受的习俗。这时，可以使用非言辞的方法表达反对，避免产生冲突。比如，在日本的风俗中，女性必须走在男性身后。我当然不认为女性应该屈居此位。所以，有一次与一对日本夫妇走在一起时，我想方设法地让那位丈夫与我们保持并排，不让他走在前头。尽管没有直接加以评论或批评，我的行为已经清楚地向他表明，这种风俗在西方人眼中是不尊重女性的表现，我们不可能无视或接受。

对于上一代美国人来说，普通百姓很少与外国人发生接触。当然，当时也有大量移民涌入，但总的来说，这些移民都积极地适应美国人的生活方式，以尽快融入美国社会。如今，这个形势已有所改变。尽管移民法严格限制移民取得美国公民身份的人数，却有越来越多的外国人从世界各地来到美国，或是处理联合国的相关事务，或是在一些组织工作，或是因为各种其他原因。对这些人来说，即使来到美国，他们也还保持着本民族独特的服装、习俗和思维方式。

我们经常谈论人与人之间的差别，而事实上，在我们生活的这片土地，除了生活背景造成的巨大差异外，人与人之间其实有很多共通之处。无论贫富，我们都希望孩子受到良好的教育，都希望他们比我们过得更好。无论贫富，我们都希望得到邻居的尊重，如果可能，还希望为他们所喜爱。无论生活在怎样的环境，我们都将经历爱与死亡。就人生中的重大事件而言，人与人之间的共性远大于个性。

美国如此，世界各地也同样如此。人们想要的东西是一样的，人们为之奋斗的目标是一样的，人们所忍受的痛苦也是一样的。差异虽然重要，但通常只是表面现象，人性在根本上是相通的。

我想没有人会否认，为了我们的共同利益，我们必须学会与其他民族相处；不是简单地以自己的方式与他人相处，而是接纳他人的方式，彼此尊重，彼此理解。我同样深信，对任何年轻人来说，学会尊重他人的个性与学会尊重自己的个性同等重要。正如我在本章开头所说，没有人可以纯靠单枪匹马。我们需要友谊，需要支持，这些都不难获得，但我们必须为此付出努力。

埃莉诺佩戴“红十字会”勋章。

09

正视责任

重点不在于我们做不了什么，而在于我们能做，以及必须做什么。

就人生而言，我们所做的选择决定了我们是怎样的人。某种意义上说，到我们成年时，我们等于所有过去选择的总和。

对于那些习惯把责任推卸给别人，习惯为自己开脱，习惯以无法控制为由责怪外因的人来说，这听上去可不怎么愉快。对这些人来说，事情似乎总是超出他们的控制。但我坚信，从根本上来说，我们每个人必须为自己和自己的行为负责。

我们必须对自己负责。每个人最终必须承担这份责任，且必须由自己亲自承担。人们有时会因这个观点给他们带来了巨大压力而指责我。人们提醒我，如今的精神病学和心理分析已能给我们提供大量帮助。我当然知道人们如今可以得到许多帮助，也为如今有这些手段来预防挫败感或绝望感而感到高兴，这两种负面情绪是许多悲剧的元凶。

然而，这也带来了一个潜在问题。为了提供帮助，人们可能忽视了我们的目标应该是使人自立。有些人会对这种外在帮助产生依赖，不愿意失去这种支持，不愿意自立。

我提到的这种自立，其含义比对自己负责要宽泛得多。归根结底，我们中的每个人都应在很大程度上为社区的利益负责，为自己拥有怎样的政府负责，为我们所生活的这个世界负责。

做到这点并不容易，尤其是在当今社会。如今，无论是社会、经济、政治还是国际环境方面，我们熟悉的许多重要参照系已经被推翻了。曾几何时，那些古老的、确定的、熟悉的、永恒的——至少看上去是永恒的东西让我们在精神上有安全感。那时，人们可以对未来建立预期，人们知道自己要面临什么问题，也认同时代的信条。

现如今，这些熟悉的东西在哪里呢？这些生活的已知数、曾经的安全感又在何方？与此相反，我们发现自己身处一个陌生世界，面对的都是未知事物，我们必须为自己开拓新路。

“焦虑，”克尔凯郭尔曾说过，“是自由的眩晕。”这个人们所谈论的、为之奋斗的自由，在某些人看来是件危险的事情。获得自由需要付出痛苦的代价，在获得之后，你还要学会与之相处。自由对一个人的要求很高，随之而来的，便是责任。对于那些不愿长大、不愿自己承担责任的人来说，这令他们感到恐惧。

我们必须正视一个常被忽略的事实，尽管它不怎么让人愉快：我们总以为每个人都想得到自由，但事实并非如此。对很多人来说，放弃自由，让别人指导自己，让别人给自己做决定，比为自己和自己的决定负责要快乐得多。他们不想自己动脑，也不想自己做主。

人们的注意力过多地放在了那些攻击性的恶行身上，譬如暴力、暴行以及贪婪，却很少注意那些消极的恶行，比如冷漠和懒惰。从长远意义上讲，后两者给社会造成的破坏更大。

显然，孩子们必须学会的首件事情，就是自己承担责任，自己做出决定并承担结果。这不仅仅是日后对成年人的基本要求，也是目前处于危急中的民主制度的基础。我们的政府是自治型政府，如果组成这个制度的人们做不到自我管理，这个制度也很难维持。

几乎所有孩子都曾把自己的不快乐归咎于童年教育和家教，都曾认为自己的生活环境应当为自己日后的行为负责。没有人能轻松承担自己犯下的严重错误，轻松面对自己需对自己的性格弱点负责。将责任推给别人或环境要容易得多。

“不是我的错。”这几乎是人们在失败面前的本能反应，而这也正是成熟与否的分界线。一个成熟的人会承认：“这是我的错，这是我自己造成的。现在我明白了为什么会犯错，为什么会做错选择，下一次我会避免再犯同样的错误。”

推卸责任的人则会认为这不是他的错。这不仅是对自己说谎，而且是逃避责任。因此，他会不断重复相同的错误，不断为自己感到委屈。事不由己，可不是吗？

我们为什么不愿承认自己犯下错误呢？为什么会因此感到难为情呢？没有人是全知全能的，没有人能永远发挥最高水平。除非一事无成，否则每个人都会经历失败，而一事无成就是一种失败。我们能做的只有以下几点：不自欺、保持谦卑、不断尝试，随着经验的积累修正错误，并争取避免一些错误。

曾几何时，似乎每件事都有一个明确的终极答案——就像数学题的正解一样，“印在书的最后几页”——至少事情曾经如此。而当我们熟知的那些生活参照系纷纷被推翻，终极答案越来越少。如今，就连面对的问题都是全新的。在这种情况下，每个人都有义务为自己探明何为对错，都有义务为自己学会独立思考。

大概每个人都曾想过，上一代人没法直接告诫年轻一代，没法分享他们的经验，没法使年轻人免于犯错，以至于每个人都得从自己的经验和错误中从头学起，这是一种极大的浪费和遗憾。但这也有可能是最好的办法。上一代人学到的很多东西，本身就是错误的！而他们从经验中所学到的可能也不总像他们自认为的那么多。

回答孩子的问题，引导他们的思维和行为需要谦逊的心态。在对自己的正确性有着十二分把握之前，不要轻易为孩子设定好坏对错的绝对界限。

我婆婆过去常常问我："为什么你不直接命令孩子们不要做某件事情？"

"因为我不确定我的办法对他们来说是最好的。"我会这样回答。

"你当然能确定了，亲爱的。"她会坚定地说，"一件事要么是对的，要么是错的。"

在她眼里，世上的事情只分黑白两种，没有灰色地带。要么是对的，要么是错的，没有模糊的部分。她也无法接受自己的许多规矩所依据的习俗、社会背景和前提条件，在她当奶奶时已不复存在。

相当多的长辈依然固守老的办法，他们对世界上正发生的事情毫无兴趣。"我从小就认为……"一听到这个开场白，你就知道他们要重申某个与现实脱节的规矩或观点。

我们经常过早要求孩子开始独立思考，对于还不能做到这点的孩子来说，他们更希望由别人给他们设定明确的规则。但是，一旦他们开始学习在现代社会中自己思考，做出自己的选择，我们就应当尽早帮助他们这样做。

第一次被要求自己做出选择时，孩子们可能会因缺乏经验而退缩。举例来说，假设小女儿问母亲穿什么去上学，认为备选衣服都算合适的母亲第一次让女儿自己决定时，小姑娘可能并不愿意这样去做。她不敢肯定自己的选择是正确的，不想承担这个责任，同时也担心这样做会失去妈妈的帮助。

当小男孩踢球时弄碎了别人家的窗户，父母第一次要求他对此负责，任他自己承受房主的责骂时，他会感到既震惊又愤怒。在他看来，父母本应保护他免受伤害。另外，如果他心中过于内疚，他有可能倾向于掩盖错误。但是，如果父母引导得当，成功激发孩子的男子汉气概而非孩子气，不仅可以赢得孩子的配合，而且还会是自愿的配合。

父母应当密切关注孩子的成长，观察他们的行为和反应，这样，当孩子试图逃避责任时，父母就能第一时间发现迹象。我们经常能听到妈妈说类似的话："如果我让汤姆干这件事，他会干完的，但你不能指望狄克。狄克会跑去打网球，然后把整件事忘得精光。"

碰上这种时候，父母应当教导狄克承担责任。有时，采用惩罚措施可能更有成效：除非把这件事干完，否则不能打网球。人们会无意识地逃避责任，因为这太容易做到了。但这种行为一旦得到纵容，它就可能变成习惯。

没有责任的承担，也就没有个人的成长。一个人应当尽早培养这种担当能力。太多的家庭似乎都只由一个人承担所有责任，处理所有问题，做出所有决定，负责所有家务，外加照顾病人和老人。

只要可能，家庭成员应当共同承担家庭责任，每个人都应根据自己的能力尽一份力。这种共同责任对孩子来说并不困难，而且，这样的经历也让他们未来更容易有所担当。对他们来说，承担责任是唯一的选择。那种总想着把事情交给别人去做的孩子，恐怕终生都无法担起责任。

奇怪的是，越是拒绝承担任何责任的人，越是激烈地批评那些真正承担责任的人。

如何分配支出——这几乎是所有家庭最为重要也最有影响的议题之一。这代表了一家人的基本价值取向：你想用自己挣来的钱换取什么东西？这个决定必须由家庭成员共同做出。

在美国，人们的收入差异很大，有人家财万贯，有人勉强度日。很多其他国家的情况也是如此。讨论拥有多少财富“足够”生活没有意义。对于何为“足够”，每个人都有自己的理解，很难达成共识。即使属于同一收入阶层，也会对自己的收入是否“足够”产生巨大分歧。

除了生活的基本需要——住所、衣服、充足的食物以外，对于想要购买什么，想从生活中得到什么，人们的想法很少一致。当然，有些人根本不知道自己想要什么。他们竭尽全力地想和邻居一样，仿佛自己的声望和幸福（在他们看来是同一样东西）就在于跟上别人的潮流。

在我看来，计划预算和分配收入应当由家庭成员集体讨论并做出决定。孩子们应该了解家庭经济状况，了解钱都花在什么地方，这样，他们就不会提出不合理的要求，也会多一份家庭责任感，即使自己并没有真正开始挣钱。

理财应当成为家庭生活的一部分，而且应当让孩子们从小参加。对于大部分美国家庭来说，所有家庭收入都来自于一个或至多两个家庭成员的薪水。作为家庭理财的第一步，一家人应当首先诚实地明确自己到底想要什么，这并非单指物质需求，而是指整个生活方式。你们需要理清自己的价值观，明确什么对你们来说最为重要。这个国家太多的财务计划都建立在错误的价值观上，人们奋力追求那些与自己并不相称的东西，甚至为之做出牺牲。

除了满足基本生存需要——食物、住所、衣服、医疗保护、教育、娱乐以外——每个人还要清楚自己想从挣钱中获得什么，想要过上怎样的生活。就我自己而言，我从挣钱中获得的主要是一种成就感。花着不是自己挣来的钱会令我感到不安。我喜欢感到自己能挣得比别人多，感到自己有能力挣到某笔钱。金钱本身仅仅是一种量上的积累，我相信这对很多美国人来说并没有什么价值。有价值的是在挣钱过程中能够实现什么，是通过这笔钱可以扩展什么活动或兴趣爱好，是这笔钱能给别人带来什么快乐。

另外，为了使家庭成员学会理财，学会做出选择，每位家庭成员应该有一定的现金供他自由支配。在有些家庭，即使最小的孩子也会得到一笔钱，或者是当成日常的零花钱，或者是让他给自己买衣服。

我有一个小侄孙，家里人会给他发一些零花钱，让他自己买自己的衣服。有意思的是，自从有了零花钱之后，他合身的衣服反而越来越少，因为这笔钱总是被拿去购买新的科学设备。这让我想起我丈夫，他总能拿出钱去买某本书最新最好的首印版，却经常告诉我他已经快买不起新衬衫了。

我认识一家人，对于解决家庭问题有着独到的办法。只要周日早上爸爸戴着一顶牛仔帽坐在早餐桌旁，全家人就知道有问题亟待解决。用过早餐，大家会聚集在起居室，每个人都戴上一顶特别的帽子，高礼帽、小丑的鸭舌帽，或是白色的厨师帽。爸爸、妈妈以及所有的孩子们，包括最小的小家伙都坐在一起，戴着各自的搞笑帽子，讨论并解决当天的问题。

这些待讨论的问题可能是由于家庭成员生病或是收入意外减少导致的家庭开支削减，每个人都提出自己的方案，主动提出自己放弃的购物计划；议题也可能是家里准备收养一个失去母亲的孤儿并供他上学，这就意味着三个儿子必须放弃一些东西；某天要讨论的还可能是一个选择题：现在有这么一笔钱，是买留声机还是电视机呢？

由于每个人都戴着好笑的帽子参与严肃的讨论，这幅滑稽景象使得大家在讨论中从来不会过于激烈和生气。但用这种方法，他们成功地团结了所有家庭成员，把预算问题变成了大家共同的责任，在这方面，这种讨论形式比单纯的言语更有成效。

毫无疑问，公开讨论能帮助家庭成员建立相互信任。而另一方面，我认为让小孩子处理棘手的问题——特别是情感问题，或是让他们感到要为自己提出的办法负责，既不明智，也不公平。除非孩子做好了参与讨论的准备，否则，不应让孩子为他无法解决的事情承担责任，这只会削弱他在家里的安全感。

我们等于自己所做选择的总和。每一天，无论是眼前琐事还是长远大事，我们都在不停做出各种选择，也被各种选择包围着：我该几点起床，几点睡觉？我该穿什么？吃什么？见什么人？是走左边的这条路，还是右边的？

除此之外，我们还面临一些更重大的选择：这一生要做什么事情？我愿意付出多少，愿意付出多少时间，多少爱？我想从事什么职业——为什么做出这种选择？换句话说，我想要的是名声、金钱、个人满足感、实现自我表达，还是别的什么东西?

另外，“我要认识什么人”，也是一个影响深远的问题。我们都曾遇到过那些宣称自己“认识对的人”的讨厌家伙。这只能说明他缺乏自信，只能以名声、收入这样浅薄而庸俗的标准衡量别人。唯一可以称得上是“对的人”的，是那些因其内在而为我们所喜爱和重视的人们。把时间花在那些没有共同爱好、共同价值观或是没法共享快乐的人身上，完全是一种浪费。

我一生中最美好的一些时光，是与许多非常穷困的人们一起度过的。他们穷到任何人在拜访他们时都必须自带口粮，以确保能有足够的食物。但是，我们在一起的时光非常美好，充满收获，彼此间的交谈愉快而深刻。我一直很讨厌参加那些规模巨大又铺张浪费的活动。毫无疑问，把时间花在那些不合适的人身上再愚蠢不过了。

拣选朋友在我看来非常重要；一个人的朋友圈越小，其与别人相处的经验就越少，兴趣也会越狭隘。只要有可能，就应该尽量扩大自己的交际圈，这也是个人选择的一个重要部分。

接下来，一个人要面对的是一些较难的选择：我该相信什么？我能在多大程度上遵守自己的信念？我愿意付出多少来维护这个信念？我是否会因害怕损害名声、害怕不再受人喜欢、害怕与邻居疏远、害怕伤及生意或职位而不敢维护自己的信仰？

这尤其让我想起不同群体之间的偏见。很多地方总有那么一群人，竭力阻止其他种族或者有其他宗教信仰的人住进自己的社区。许多人尽管认为这种做法是错误的，却始终保持沉默；他们并不抗议，也不站出来反对，担心这样做会影响自己的人气和社会声望。这些人对自己的信念缺乏勇气，不愿意对此承担责任。

几年前，一对夫妇搬到我们附近的一个社区，那里大部分人家都是富裕又有名望的家庭。这对夫妻非常友善，很想在那里建立起自己的生活，在新的环境安家扎根。但是——

有天晚上，他们参加了一个派对。在派对上，大家讨论起新来的一位黑人牧师，他即将成为一个以白人为主的教区的牧师。派对的主人和客人对此都感到非常愤怒，他们的评价也越来越刺耳。

这对夫妻一直默不作声。他们希望能被他人认可，希望加入这个新的社区。说到底，没人询问他们的看法，他们完全可以什么也不说，但他们还是表达了自己的反对意见。这是一对正直而勇敢的夫妻。他们相互对视了一下，站了起来。

“我们并不是生你们的气。”他们解释道，“我们非常喜欢你们，只是不想听到这些仇恨的言论。我们得走了。”

结果并不意外，他们的这番话说完，全场因为惊讶而鸦雀无声。在经历最初的愤怒之后，参加派对的客人深深钦佩起这对新来的邻居。即使他们没有改变人们的偏见，至少他们表达了自己的看法，赢得了大家的尊重。

观察苏联人对孩子的训练使我发现，尽管这些孩子被要求学会服从，但还是会有极少的选择机会留给他们，大概都是一些不重要也没有意义的选择。就重大选择而言，国家已经代替他们做出决定。

而在美国，人们却经常批评孩子们在家和学校被给予了太多自主选择和决定的机会，在他们还不能掌握自由时就被给予了自由。结果不仅使他们讨厌自己，也让周围人烦心。

这个问题不能这样简单地一概而论。不过我也同意，在孩子有能力自我控制和承担责任之前究竟该树立多少强制性规则，我们的了解还不够。在我看来，在给予孩子一定自由的同时，可以给他们设定一些一般性的生活规则。随着他们承担责任能力的增长，可以要求他们遵守更多的规则。

不遵守道路安全规则是一种非常普遍的责任感缺失。如今有太多鲁莽的年轻司机，他们躲在车窗后面，不愿为自己的行为承担责任，不认为自己有义务遵守有关限速以及禁止酒后驾车的法律规定。

那些在拥堵的车流中来回穿梭，自作聪明地超速行驶，以及酒后驾车的年轻人，没有承担起成年人应承担的责任。

当然，我们不能只看见年轻人不负责任的行为。那些坐等丈夫下班回家听她大倒苦水，把管教子女、规划活动，甚至设计晚餐的任务都丢给丈夫的妻子，也同样不负责任。

那些因为怕做决策、怕担责任而放弃职位晋升机会的男人，也是一样不负责任。对他来说，躲在后面，让别人承担责任，让别人给自己下命令更为轻松。

确定不了自己的职业也是一种不负责任的表现，职业选择将决定一个人此后主要的生活状态和生活重心。不过，虽然每个人都必须做出这个决定，倒不一定将第一个选择死守到底。职业选择涉及一些不可测的因素，要为可能的错误留出余地。

我一直对那些敢于改变自己职业的年轻人很感兴趣。这倒不是说我觉得任何人都适合在确定自己的事业之前随便去尝试其他工作。但是如果一个人知道如何选择，如何分析形势，如何通过尝试或一定的磨炼来了解自己的真实需求，那当他发现某个选择是错误的时候，就可以修正它，同时接受自己首次选择失败的事实，计划下一次做得更好。

人们总是忍不住为自己的第一次错误选择找借口，“你也知道，他们那儿不太公平……他们对我太严厉了……我不知道他们的要求这么高……”当第一次的选择被证明是错误的时候，一个人应当真诚而勇敢地承担起全部责任，大大方方地承认错在自己，不找任何借口。

当然，更明智的做法是把这个错误当成一段有指导意义的经历，把它变成个人修养的一部分，尽管是痛苦的一部分。对所有人来说，无论受过多好的教育，都有可能做出错误的选择。我们能报以的希望就是如果从小练习承担责任，就能随着经验的加增做出更好的选择。

在培养年轻人自己做主、自担责任方面，有一点需要特别注意。你要认识到，很少有选择是终局的。重新思考过后，几乎所有选择都能被修改。因此，孩子需要明白，尽管他必须为自己的行为负责，犯点错误也不会让天塌下来。我们不能要求孩子做我们自己做不到的事情，不能要求他们百分百正确。我们需要帮助孩子明白，选择也可以并不完美。

年轻人对完美有着惊人的执着，即使是那些自称“垮掉派”的年轻人也是如此。在我看来，所有童话故事的吸引力就在于给出了光明的结尾：“从此，他们过上了幸福美满的生活。”年轻人愿意接受那些听上去完美而正确，有着同样光明承诺的选择；如果某个选择并不完美，他们则可能后悔做出这个选择并予以否认。

就像生活需要不断地调整和再调整一样，选择也是如此，在某种程度上，所有选择都要在现实和完美理想之间做出妥协。我们的目标是让现实尽可能接近理想，但不能强求不可能之事。理想只是一个大概值，越努力去接近理想，越能收获更多成长。相比因为不够完美而拒绝现实，保持梦想并全力追求更能一步步实现目标。

不久前，一位女士对我说：“我不理解你为什么能如此乐观。任何人只要好好环顾四周，就很难不对未来感到失望。”

如果一个人经常和年轻人相处，就不可能有这种想法。本质上讲，每个年轻人都相信有美好的未来在等着自己。在我看来，犬儒主义是一种精神上的失败。只有当一个人不再期待自己做出任何成就时，才会有这种想法。

如果一个人真的在乎某种东西并愿意为之奋斗，总有一天会实现梦想。但是，如果在付出行动前就认为任何行动都无济于事，认为世界不可能改变，认为“人心难改”——即使曾经见过希特勒的种种罪行，即使现在看着苏联又在犯下同样罪行仍怀有这种想法，那么它实在毫无意义。

就目前而言，重点不在于我们做不了什么，而在于我们能做，以及必须做什么。

与其否定，不如肯定。我不否认自己是个乐观主义者，天生就满怀希望。我并不认为正义总能战胜邪恶，这些年来，我见到过太多反例。我也并不追求付出皆有回报，更不一厢情愿地认为“凡事都有善终”。

我之所以充满希望，靠的不是单方面的想象，而是亲眼见证一个又一个人在最不可能的情况下重新开始，如果足够努力，甚至改变了他的世界。成千上万的人正做着这样的努力。正如智者所说，“给我一个支点，我能撬动地球”。只要有充足的动力，一个人完全可以改变他的世界。这个动力，就是追求个人幸福，实现人格的完满成熟。一个人会逐渐认识到这一点的重要性，并发掘出它的力量。

从历史经验来说，相比恐惧与畏惧不前，满怀希望并积极行动肯定是更明智的选择。有一件事是确定无疑的：那些总说“这事干不了”的人，肯定一事无成。

10 个人如何参与政治

政治是一个媒介，公民可以通过这个媒介为后代或社会做出很多事情。对于试图了解政治的公民来说，研究人性是一件重要的功课。

政治即公民对政府的参与。政府的水准完全取决于公民参与的质量。因此，我们每个人都必须尽早理解和承担我们作为公民的职责。

那么，我们对于社会和政府有着怎样的职责？西奥多·罗斯福常说，养活自己和家人是一个人的首要职责。他的次要职责，则是为国家服务，这不仅是指在战时为国家服务，而且应在国家需要的任何时间和地点为国服务。

就这点来说，公民最基本、最首要的职责，就是在选举日参与投票。即使是今天，我们当中履行这一基础职责的人还是太少。前人付出巨大牺牲和代价才为我们争取到这个礼物与权利，而我们的这种疏忽、冷漠与懒惰，却导致这一权利遭到荒废。

不过，如果我们的首要义务是投票，这就带来了一个进一步的职责：理性投票。这确实是个难题。如何学会理性投票呢?

要想做到理性投票，一个人需要对政治议题及各方的主张有所了解，需要对那些向自己拜票，希望得到自己支持的候选人做出评价，需要了解政治行为如何解决问题。要想做到理性投票，一个人还必须对自己想生活在怎样的国家、这些政治议题会对国家有什么影响有所认识，不一定需要具体到细节，但至少要有宏观的概念。

我们应该从哪里获取上述信息呢?人们常常问我这个问题。我们生活的世界如此动荡，社会如此复杂，有如此之多的问题，又有那么多竞选公职的候选人，如何去了解他人是什么立场，了解他人的观点有无依据，了解某个候选人是否有资格代表我们？这些问题并不简单，也不能回避。学会尽好公民职责并非易事。一开始，我们需要逐渐建立一些初步认识，随着时间的推移，一步步成长为可靠的资深选民，了解待选的议题和候选人，也知道自己投票的理由。

这一过程并不简单，当然，有价值的事情不可能轻易完成。大部分情况下，我们的信息来源主要有如下四个渠道：首先是我们的总统，他承担着教育公民的重要职责，负责提出议题并向人们做出解释；其次是各种大众媒体，报纸、广播、电视，它们负责提供关于新闻事件、政治、经济状况的中立报道；再次是时事评论员，基于比一般选民更丰富的信息来源和经验，对新闻、经济形势、当代历史、政治领袖进行分析；最后是人们与朋友及邻居就人事安排、政策方针的讨论，这种讨论应当是坦率、开放、毫无限制的。

以上就是我们获取信息的主要来源，也是我们形成判断的依据。理论上说，它们应当很好地服务于这个目的。但实际情况却并非如此。我不止一次听人们说起，我国有大片地区只有屈指可数的几家报纸。在这些地区，上面提到的媒体信息就很难获取。年复一年，这些地区的报纸会越来越少，人们将越来越难看到从不同角度对新闻事件的报道。

“我们该如何了解真相？”人们一再问我，“我们不怕做出自己的判断，但是我们必须确保自己的分析建立在扎实可靠的证据之上。”

发现真相——难就难在这里。在我看来，大众媒体并没有认真履行向公众传播信息的职责。它们的新闻报道常常并不充分，也不恰当。媒体应当报道一个故事的两面，这样，人们才有机会形成自己的判断。毕竟，故事的两面都是新闻。

当然，一个人要是有充足的时间，或是愿意花上这么多时间，可以从报纸、杂志、书籍中寻找真相，权衡证据，了解真正发生了什么。如果没有时间或找不到公开资料，这时往往就需要参考评论员的分析，如今，评论员的分析对选民意见的影响越来越大。

和报纸的情况一样，这些评论员在信息来源、自身经验及其运用、与国内外高层的联系方面也有着很大差别。他们对自身作用的定位，或许是毒舌的八卦评论家；或许是某一观念的宣传者；或许是某一政治理念的拥护者。幸运的话，或许会尽最大努力不加歪曲、不带偏见地向观众阐释公共事件，目前至少有六七个名评论员能达到这个要求。这样的评论员，就像好的报纸一样，能够把客观事实与个人意见区分开来。

如此多的信息源，哪一个值得信赖呢？这是个很难回答的问题，也没有绝对的答案。有可能的话，最好参考两个以上的渠道，一段时间之后，你就能自己评价不同渠道提供的事实和意见，这也是搜集信息的最佳途径之一。大部分人需要别人帮助他们理解事件的意义，帮助他们评价各方采取的各种措施。

与和自己的观点截然相反的人讨论政治事件非常重要，这对锻炼头脑也很有益。同理，一个人不仅应当参加自己党派的会议，也应参加反对党的会议。了解人们在说些什么、想些什么、相信什么，这对于检验自己的思想非常重要。我们的想法正确吗？有没有更有效的办法？我们的理论是否过时？哪种政策对人民最好，对国家最好，对世界最好？如果我们想成功地应对这个变化的世界，我们必须保持一定的灵活性，愿意抛弃那些过时的意见。

与不同的人交谈，倾听他们的意见，有时会让你对问题产生全新见解。我常常会以为自己已经考虑得足够周全了，但无论想得多么仔细，后来总会看到别人从完全不同的角度思考这个问题，并在很多方面改变我原本的看法（即使我之前曾对自己的论点小心论证）。

探讨政治问题和理论有很多好处。用语言组织想法和信念会迫使一个人理清思路，阐明问题。讨论会使人产生新的见解和对事实的认识。尤为重要的是，他人的反对意见会让你重新检验自己的想法，从全新的角度重新审视自己的主张。当然，如果你只是为自己的想法辩护，并不进行新的思考，那么任何讨论都没有意义。

美利坚总统比任何人都更适合担任人民的导师，他的见识最为广博，信息也最为丰富。基于他的地位和人民对他的信任，他应当向人民介绍政府的工作，使人民了解现状。当然，人们有时也会发现这个信息源并不可靠，即使在那些关乎未来和公民福利的重要事情上，也没法予以信赖。

不久前，国会面临一个考验，如果它不采取任何措施，政府将颁布一系列的总统令，同意向德国和其他几个国家提供核知识。几位国会议员认识到国会还不了解这样做的意义，便决定安排一场辩论。对于国会和公民来说，不了解政府被赋予了怎样的权力是不公平的。

辩论如期进行，但是，由于没能引起足够的关注，辩论并没有阻止总统令的颁布。最终，核信息被提供给了总统令中提到的那些国家。

由于这项决定影响重大，我认为公众应当充分了解情况。核力量只限于为那些对第三次世界大战的发生有清醒认识、有责任心的大国所拥有，这些国家明白第三次世界大战的起因可能是偶然事件，也可能是有意为之。每有一个新的国家取得核信息，就相当于拥有了核力量。而每增加一个拥有核力量的国家，相应的危险也就增加了。人们应当对此有所警惕，应当了解他们面临着怎样的风险。

在我看来，这一状况应当由美国总统本人向民众做出解释，同时，总统还应帮助民众理解我国的对外政策，这是我们未来的基础。但是，既然我们并非总能依赖总统，或是依赖大众媒体对公众做出的警告，我们应当要求国会代表在有关对外承诺和我国未来命运的事情上，向我们做出更加仔细和全面的说明。我们，作为负责任的公民，则不可避免地为我们的国会代表在国会的作为或不作为承担责任。

最简单的熟悉公民义务，了解政治运作机制的办法，就是关注本地政治。在你自己的社区，社区事务为你所熟悉，你也容易从自己的角度去判断该做什么以及如何去做。同样，在你自己的社区，你通常也能认识，至少能了解候选人的资质和人品，了解他们过去的履历，以及他们的主张或承诺与履历的相符程度。

一旦你对政治有所了解，即使是仅限于本地这个很小的范围，你也会发现自己阅读和分析政治新闻的理解力有所提高。一旦你学会判断本地候选人的资质，你就能进一步运用这种能力，对全国层面的候选人做出判断。

像所有训练一样，在这件事上，学习使每一步更加简单。当你的兴趣点从本地事务转移至国内问题和国际形势时，每一次转变又会进一步加深兴趣，增长知识。你会惊讶地发现自己在短短几年内拥有了深刻的判断力，知道自己可以从候选人身上期待什么，期待到什么程度。

直到十九世纪后半段，人们才认识到政治并非仅仅是一种职业。政治是一个媒介，公民可以通过这个媒介为后代或社会做出很多事情。你并不需要亲自去参与竞选，你只需知道如何通过自己的代表实现目标。

很多年前，由于我丈夫对政治的浓厚兴趣，我开始对政治的运作机制、政治的用途有所了解，尤其是政治如何影响本地事务。我逐渐认识到，很多事情只能通过政治来解决。这或许也是许多女性开始介入政治的原因。她们并非追求官职，而是希望能借此给孩子带来更好的照料、学校和健康。

这些女性发现，无论她们多么真诚，仅靠希望无法达成这些目标。她们需要了解目前已经做了什么，还需要做些什么；除此之外，还需要筹集一笔支持她们的资金。除非这些具体的事情全部安排妥当，否则真正实施时一定会不知所措。举例来说，仅仅表达“我们需要更好的学校”远远不够，你必须亲自去了解这些学校的现状，了解它们有什么问题，是什么造成了这些问题。你需要明白自己所追求的是更好的硬件设施，还是更好的教师资源。

对于试图了解政治的公民来说，研究人性是一件重要的功课。政客并非全黑全白，就像所有人类一样，他们也复杂而多变。那些想为社区做点什么的公民很快会发现，某件事之所以做不成，仅仅是由于个人性格的问题。生意人需要了解自己的合作伙伴，对不同人适用不同的方法，他们深知一件事能否成功，主要取决于自己能否说服别人某件事必须做成。公民在与政客打交道时也会发现，面对不同的人，自己需要尝试各种不同的方法。深谙做事之道的人，也就掌握了领导之道。

一般来说，一个人没必要为了解决某些事情而亲自竞选，但在有些情况下，这样做更有效率。某个弗吉尼亚州小镇上的事情便是如此。由于本地女性无法说服应届政府清理垃圾或者提供合适又安全的街灯，她们干脆愤而参选，成立了一个完全由女性组成的政府，妥善解决了这些问题。等到下一届选举时，她们又回到各自的私人生活里。

我并没有参选的想法。和亲自担任职务相比，我更倾向于通过自己选出的代表参与政治。当然，人们常常无法完全实现目标，必须学会接受妥协。不过，达成目标还是一件很有意思的事情：通过与别人的通力合作，发现真相，实现计划，这确实很吸引人。

能否发现真相，主要取决于是否有足够的洞察力和理解力。很多年前，我丈夫曾教过我如何观察形势，从哪些方面去观察。这可不像听上去那么简单，你需要为此做好充足的准备。如果——正如我帮我丈夫收集信息时常常会做的——你要去医院或监狱视察，查看它们的管理情况，你首先要知道什么是一家好的医院或监狱。要有一些参照系作为衡量标准。

由于我最开始是在纽约州接受的教育，我选择在那里寻找自己的参照系。我还记得曾去视察一家专治心理问题的医院。当我走出医院时，我自认为已经检查得非常仔细。

丈夫坐在车里等我。我向他做了汇报。“那里有没有人满为患？”他问我。

我对此完全没有印象。

他又问了一些更具体的问题：“走廊里摆有病床吗？”

是的，过道上确实摆有病床。

“你有没有检查病房的衣橱？有没有病床堆在那里？”

我压根没注意这个问题。

“病床相距多远？”我茫然地看着他。“病床两侧是否可以直接上床？还是病人需要翻过其他病床，才能回到自己的床上？”

我摇了摇头。我没有注意这些细节，完全没想到还需要留意这些。

“医院提供的食物怎样？”富兰克林继续不留情面地问着。

这下我高兴起来，这个我可一清二楚。“我看了这周的菜单。安排得非常好。”

“但是，炉子上正烧着什么菜呢？”他继续问我。

那次经历让我明白什么才是应该关注的重点。在那之后，无论是去视察其他机构，还是公民保育团[①]，我都不会止于菜单，而是会检查炉子上的每一锅菜。经常有记者问我为什么会查看每一道菜。我自认为在这方面已经吸取教训，很有经验，至少我自己这样认为——直到有一次接待英王来华盛顿参观访问。

那次访问期间，英王要求参观公民保育团，由我作为陪同。英王对于视察之道非常在行。他从小就接受这方面的训练，这些辛勤训练使他很清楚该关注些什么。当他听说餐厅的家具是由士兵们亲手打造的时候，他立刻把桌子翻了过来，研究各部件是如何组装的。除此之外，他还检查了所有供给物资和炉子

---

① 公民保育团（Civilian Conservation Corps），是“罗斯福新政”中的一项就业方案，即在1933年至1942年间，对19岁至24岁的单身救济户失业男性推行的以工代赈计划，这些救济户都是在经济大萧条期间失业、难以找到工作的家庭。公民保育团提供人力劳动职缺，组织失业的年轻男性到联邦政府、各州与地方政府拥有的农村地带进行自然资源保育工作。

上的每样东西。

在宿舍里，他亲自摸了摸床垫，要求查看给士兵们提供的工作鞋，还检查了毛毯的质量。我头一次见识了立宪制君王所受过的训练。

英王访问的那几天，正好是华盛顿最热的时候。在营地，士兵们排成两行列队欢迎，英王和王后从他们中间走过。每隔一个士兵，英王便会与其交流，询问他们是否喜欢营地生活，是否认为这段生活会对未来有所帮助，是否有更好的选择。王后则与每个没有同国王交谈的士兵谈话。

当天下午的晚些时候，我丈夫安排我在白宫的茶会上向英王引见部门首脑，并介绍他们的职务。我根本没法记住每个人的名字及其职务。但是，当我向英王一一引见时，还没等我说出某个人的职务，英王就主动说："喔，某某先生，我知道，你负责……部门，你的主要工作是……"

那天的晚宴上，我忍不住问英王究竟是如何记住每个人的名字和职务的。

他回答说："喔，那只是我今天早上做的一部分准备工作而已。"

在那次访问中，英王向我展示了成为一位出色的国王需要接受的培养和训练。我还记得公民保育团的团长看着烈日焦灼下的场地对国王说："现在走在太阳底下会非常热。尽管小伙子们已经把营房收拾好了，准备接受您的视察。但如果您不去的话，他们也能理解。"

国王立刻回答道："如果他们在等我们，我们就去。"

就这样，罗斯福担任纽约州州长时，我在收集和评估信息方面的能力得到了一定锻炼。当他后来搬入华盛顿，需要评估当时的一系列新项目时，我的这些初步锻炼体现出了重要价值。其中的一个项目是给待释犯提供的一种新型拘留所，由监狱系统的重要领袖桑福德·贝茨（Sanford Bates）主管项目的执行。在这个新的拘留所，犯人会得到更多自由，还会被传授一些经营生意的办法。

在我看来，这是一件很好的事情，对很多少年犯尤其如此。由于获释时缺乏准备和生存技能，入狱的经历又使他们很难在这个残酷的世界找到一份工作，他们很可能因二次犯罪重返监狱。

如果我没有新的发现，那么，我在全国的巡视以及对各种机构和新项目的考察就失去了意义。其他视察员可能关注某个项目是否有效，工作情况是否良好，员工岗位是否必要，而我则关注每个项目对个体有什么效果。这个项目是否能使未来的工作机会更有保障？人们能否从中学到新的技能，恢复自尊和自信？罗斯福政府执政的前几年所面临的主要困难之一，就是人们对政府保障人民生活的能力失去了信心。

人们心中有着一个心照不宣的怀疑：民主制度究竟能否满足人们的日常需要？为了巩固人们的信心，必须让公众感到国家秩序得以重新建立，国家有能力满足他们的需要。我观察的重点就在于那些得以恢复的人性价值以及这对增强国家实力有何意义。

那些辛苦收集的信息对我丈夫是否有用，我并不知道。但当后来我自己在世界各地出差时，那段经历起到了重要作用。它使我更容易理解那些挣扎在温饱线上的人们，理解他们的所思所想，理解他们在国家的改造开发过程中承受的压力。

了解真相，了解公共机构及其职能，这也是公民的职责之一。

当我们更为成熟，学会为代表的行为承担个人责任时，我们就能对其所作所为施加巨大的影响。如果某个政客所属的选区消极且冷漠，如果他的成就得不到褒奖，错误得不到指责，他就不会有前进的意愿，不会有积极工作的动力。

无论从事基层工作还是担任高层职务，政客们几乎总是面临各种压力。要想承受住这种压力，必须拥有相当的实力、荣誉感和坚定的信念。那些得不到本选区支持的政客很难做到这点。

托马斯·杰弗逊曾经说过，个人对于社会共同福祉的责任感，是成功民主必不可少的要素之一。民主——他指出——不是在民众要求得知真相时出于厌烦而置之不理——它之所以是最难的一种政府形式，就在于这种对责任感的要求。

作为发展到最高阶段的政府形式，民主对于民众素养也有着最高的要求。我不敢肯定人们是否愿意共同承担这一责任并付诸行动，但我们必须牢记，我们应对自己的生活态度和生活方式负责，因其将反过来影响我们的政府。

我们的大部分价值观是通过家庭教育建立起来的，这一教育也应包含如何尽好公民职责的内容。让孩子变得头脑狭隘、缺乏耐心、不关心世事非常容易，使他们成为见识丰富、关心时事、富有责任感的公民也同样容易。

我曾参加过一个扶轮社②的午宴，午宴的演讲者是一群高中生，他们来自本地的一所高中，由这个扶轮社资助读书。这些高中生在一个模拟议会中担任不同国家的代表，他们这天是来汇报模拟议会的活动情况。

一个小姑娘起立说道："我代表加纳。你们当中的大部分人可能没听说过我的国家，但它非常重要，它是非洲大陆第一个取得自治的殖民地国家。"

接下来，她清晰、简洁地谈论起加纳的经济、组建政府的尝试以及遇到的问题。我看着她，深深地被她吸引住了，她所讲的事情在很多方面显然比在座成年人的想法要超前，有些甚

② 扶轮社（Rotary Club），是依循国际扶轮社的规章所成立的地区性社会团体，以增进职业交流及提供社会服务为宗旨；其特色是每个扶轮社的成员须来自不同的职业，并且在固定的时间及地点每周召开一次例行聚会。每个扶轮社都是独立运作的社团，但皆须向国际扶轮社申请通过后才可成立，通常会以所在地的城市或地区名称作为社名。扶轮社在自己的成员中募款，对本地以及全世界的社区进行服务，其在慈善事业方面相当活跃。

至超出了他们的理解范围。

这一次模拟议会的效果，就是孩子们来年时都盼着能再有一场模拟议会，好去了解更多的国家。与此同时，他们变得对政治和历史感兴趣，也对自己的祖国产生了责任感。

几个月前，我在佛罗里达州探望我的一位叔叔时，一些本地议员前来拜访我，尽管我和他们在许多问题上的看法并不一致。

“罗斯福太太，”他们中的一位对我说，“您应该满意了。种族融合最终会实现的。孩子们看待问题的方式和我们不同。去年冬天我儿子曾经问我，你们那么大惊小怪地干什么。他并不介意约翰尼，一个和他一起玩的黑人孩子在学校坐在他身边。”

另一位则说：“我女儿回家告诉我，‘我不明白你们在争论什么。我和苏西一直玩得很好。’”

我告诉他们我很高兴听到这些消息。“如果你们能不去管他们，他们不会有什么问题的。”

对孩子们来说，除非被灌输了种族歧视的观点，否则他们完全不能理解种族歧视的逻辑。每个自重的公民都应反对向孩子灌输任何偏见，都有义务鼓起勇气阻止这种行为：“我不同意这么做。这是一件极不公平又毫无意义的事情。”

然而，敢于反对某种观点，敢于成为少数派，敢于在不受欢迎的情况下挺身而出，这种勇气并不像其应有的那么普遍。就培养有责任心的公民以及引导人们自尊自爱而言，我们还有很长的一段路要走。

为了使全国各地的年轻人更有公民责任感，人们曾经做过一个有趣的实验。这个项目叫作公民露营，由伦理文化协会赞助。目前，它在纽约郊外有一个夏季营地，另一个营地则选择在伯克利大学的校园里面。

无论种族、信仰或肤色，孩子们在这六周的时间里共同工作、学习和玩耍。活动结束后，他们对民主的运作机制有了更深的了解。随后的跟踪研究发现，这些孩子参与投票的比例超过了一般人群，说明他们确实对自己的公民责任有了真正的认识。

只要给年轻人机会，我相信他们不仅有能力承担政治责任，而且会乐意承担这种责任。承担责任能使人强大，而强大则带来信心。只要有足够的信心，一个国家就不可战胜。只要内心还没有投降，一个人就不会被外在的力量打败。

事实上，一个人很难不涉及社会生活，很难完全不参与社会活动。而每一次这种参与，不仅对公民自身有益，对整个社会也有好处。

许多小型社区的志愿消防队是最振奋人心的一种地方组织。当有紧急情况发生时，这些各行各业的年轻人齐心协力，抢救人们的生命财产。任何人只要见过这些志愿消防员投入战斗，见过这些身份地位各不相同的人们放下手边的事情，共同投入与大火的搏斗，都会前所未有地强烈感到社会生活的不可分割与团结一致。

不久前，曾有一群志愿消防员冒着生命危险救助某个监狱被困在火中的囚犯。他们并没有因这些人犯过罪而犹豫，他们考虑的只是有人正陷于危难之中。不少消防员都受伤了，但仍坚持在一线救助。

公众们都为这些消防员的表现感到骄傲，同时，也为自己怠于了解监狱的情况心生愧疚。

一般来说，当我向对政治活动不感兴趣的人讲起这些观点时，他们会对我说："我可不想和政治扯上什么关系。你看看那些腐败的情况，我不想弄脏了自己的双手……"

腐败？不幸的是，它的确存在。政治中之所以存在腐败，是因为政治是人的活动。同理，商业、法律、医学界中都存在腐败。只要有腐败的存在，就说明有我们的纵容使它发展繁荣。

与腐败作战只有一种办法：这种办法不是逃避政治，而是发展并践行一套有关荣誉的标准，使腐败者身败名裂。同时，将这套标准适用于候选人身上。想想政治中的另一难题——贿赂。如今，人们越来越倾向于认定行贿者与受贿者同样有罪，这是个很好的趋势。将行贿与受贿列为同等可耻并给予惩罚，对于消除丑陋的贿赂来说大有帮助。

腐败也是双方的行为。嫖客应当承担与妓女同等的责任；毒品的买家应当与毒品贩一样有罪。因为超速驾驶而向警察行贿的人，应对警方的腐败和法律执行力的衰退负责。

不久前，一位警方专员向我感慨如今盘问嫌疑犯的难度越来越大，其原因在于公众不愿在需要时作证指认。如果公众自身纵容甚至鼓励腐败，那就没什么办法能阻止腐败的发生。

事实上，不必采取什么夸张的办法，公众就可以阻止政治和其他领域中的腐败。这要求人们勇于遵循自己的准则，坚守自己的信念。这不是件容易的事情。要做到这点，人们必须从不放松对自己的要求，从不动摇对某些价值的信念。

对于那些在限速四十英里的道路上开出每小时七十五英里速度的人来说，交规是件无关紧要的小事。但是，这个规则是为了保护公众安全而制定的。当一个人违反法律时，他也在破坏我们社会的根基——法治的基础。

我有时在想，移民美洲之初，我们自行制定法律的历史可能影响了如今人们对于法律的态度。那时并没有公认的维持治安的法律。如今的情况虽已大不一样，许多人却还表现得像生活在拓荒年代似的，认为可以根据自己的需要改变法律。

有一件事确定无疑：如果你想生活在一个由法律而非武力统治的世界，就必须从内心深处建立起对法律的尊重。这是我们为了维护共同安全和安宁生活创设的准则，是对抗混乱的壁垒，也是文明的基础。如果我们破坏了一个建筑的支架，就不可能不伤及整个建筑，而这个建筑正是我们的政府。对公民来说，其首要职责就是促使政府成为和平繁荣治理的最好工具。

埃莉诺在白宫。

11

如何做好公职人员

他们应当拥有随机应变的能力以适应新的变化，应当拥有敏感而开放的心智以把握新的问题、新的形势和新的民族。我们尤其希望他清楚自己的想法，并能清晰、流畅地表达自己的观点。我们需要他有勇气在重大问题上挺身而出并扛起责任。

过去的大概四十年里，无论是否愿意，我都被卷入了五光十色的政治世界。我曾与不同层级的公务员交谈，参与各种各样的政治活动，从基层的挨家挨户上门游说一直到观察最高级别的政策制定。

对于有志从事公职工作的年轻人来说，我的这些经验有什么参考价值呢？

首先，很少有人有意地想成为公务员。这听上去有些不可思议，在现实中却非常自然，因为很少有人以参选政治职务为职业起点。这主要有两个原因：第一，政治提供的未来是不稳定的，每过几年你的位置就要受到一次挑战。第二，和几乎所有其他行业的有能之士相比，政治带来的经济回报最低。

因此，那些肩负重任，负责管理政府，负责使其收支合理，负责维持世界和平的微妙平衡，负责以最有效的方式保障人民福利的公务员们，多多少少都是在偶然间开启的政治生涯，或是在自己的想法已经接近定型的时候进入政治领域。

对任何有志从政的人来说，都必须面临一系列的基本问题。

首先，如果你想担任民选职务，你必须确保自己要么在上一个工作里赚够足够的钱，要么有丰富的人脉关系保证竞选失败后可以在社区找到工作。否则，如果你的生计完全依赖政府薪水，你会很容易因害怕落选而做出妥协。一个不幸的事实是，那些只靠公务员薪水过活的人很容易受到影响。这样的人会害怕冒险，害怕做任何影响支持率——哪怕自己认为正确——的事情。他会愿意接受政治交易。

其次，你必须确保自己的家人接受这种生活方式，它在很多方面与其他生活不太一样。家人必须愿意接受生活自此就像住在玻璃房里一样透明公开，愿意放弃更高的收入。我丈夫过去常说，任何与公职人员有关的人，脸皮必须足够厚。

最后，你必须真心热爱人民，真切希望借此做出某种贡献。你必须愿意为了国家牺牲自我。对于任何希望有所成就的人来说，后者几乎至关重要。一个只关心个人发展的政治家不仅是一个不合格的公务员，而且注定失败。对于政治家来说，成功的基本要诀就在于将选民的利益当成自己的利益，真正与自己的选区融为一体。只有这样，他才能实现自己的目标。

担任国会议员或参议员的人会发现，在那些还记着他们的选民心中，“公务员”是一个极富弹性的词。选民会对他提出非常琐碎的要求。例如，如果农业部开发出某种新型种子，他能不能马上将这个消息告诉选民？他也可能被要求提供在其工作领域与商业相关的法律条文。在选民眼中，他的能力和价值甚至可能仅仅取决于能为自己的所在州争取多少公共服务岗位和建筑项目。

选民对议员的期待还包括为他们弄到参观白宫或旁听国会辩论的门票，包括到华盛顿时能与议员握握手、聊聊天。

议员席、委员会、办公室，议员必须保证自己随时能在这三者中的任何一个地点出现。他需要努力向自己的选民阐明，他要考虑的不仅是这些选民的利益，还包括如何将他们的要求与国家经济情况相结合，如何与其他地区的情况相结合。对于那些希望坚守内心想法的公务员来说，无须为了养家糊口而去赢得重选是件非常令人欣慰的事情。

放在过去，很难有公务员能以全国而非地方性的视角看问题。西奥多·罗斯福担任总统时，曾经边踱步边说过一段话。这是我最喜欢的关于他的故事之一。

“我希望——”他以自己特有的方式突然喊起来，“自己能同时是总统和国会，哪怕十分钟也好！”

当被问到为什么这么想时，他回答道：“这样我就能通过一项法律，规定每个国会议员必须至少访问全国三分之二的州，才能在华盛顿上任。”

如今，我们不仅要求政治家拥有全国性视野，还希望他们拥有国际视野。事实上，这一点必不可少。当然，我们不必要求他们了解整个世界，但在华盛顿任职之后，他们有机会前往世界上相当多的地方，此时，如何观察别国以及从中学到什么非常重要。可惜的是，有时这种经验完全被浪费了，不过，有时则会带来新的视野，将一个平庸、狭隘的人变成真正优秀的人民公仆。

最理想的情况下，政客应当是一位贤明的政治家。他应该了解自己为之服务的人民，了解他们的需求和想法。无论担任州长、国会议员还是其他职务，都应当有能力在自己的工作上代表人民。他必须控制好影响工作的细节，正是细节决定成败。

他必须了解与自己社区有关的重要问题，理解这些问题如何受到国内和国际问题的影响。与此同时，他还要让自己的社区对国内国际形势有所了解，使他们成为国际社会的一分子。

对政客来说，拥有掌握时机的能力，意味着拥有一个非常宝贵的优势。这种能力是指抓住运作某事的最佳时机，利用天时地利人和以实现目标。

要想做到抓住时机，很重要的一点就是拥有耐心，这需要极大的耐心。其次要对人民追随你的程度有所了解。作为领导人，他不能过于领先时代，否则会把自己的追随者甩在身后；

但他也需要保持至少超前一步。他必须确保人民跟随着他。我曾见过我丈夫在人民尚未准备好时提前行动，因为选择了错误时机而犯下巨大错误。不过他只犯过很少的几次这种错误。

政客的另一个重要素养则是吸引人民跟随自己的能力。所有政治活动都要通过人来开展。任何踏入政治领域的人都应给自己立下一个规矩：永远不要错失与别人会面的机会，永远不要错失学习新事物的机会，永远不要错失拓展和加深经验的机会。他需要培养理解他人想法的同理心，否则就会面临冒犯别人的风险。

这是一种对于私人关系和商业合作同样重要的能力，对政治来说尤为如此，特别是与不同的人、不同背景、不同风俗习惯打交道的国际事务。除非我们能将自己的想法投射给他人，否则就有可能制造分歧；而只有当我们了解对方的感受时，我们才能让对方了解我们的动机或目标，才能通过顺畅的沟通与对方达成相互理解。

在此之前，我说得仿佛只有男性才涉足政治似的。事实上，女性正越来越多地进入政治领域，尤其在她们自己的社区。就参与政治而言，女性有其自身的优势和劣势。这些参与政治的女性会发现，男性总是试图让她们“待在原位上”；在重要决策上常常并不参考她们的意见；如不保持警惕，还可能被排除在重要会议之外。无论是通过任命还是选举获得的工作，如果她们想负责任地干好，有时必须非常强硬。

根据我的观察，女性参与政治的唯一不利条件，就是面对批评她们比男性更为敏感。就无论是否受人欢迎，都坚持自己的正确看法而言，她们学得比男性要慢。对于政治人物来说，媒体可能周一还在痛斥你，到周五时，它们和公众已经完全忘了这码事。此时，对于受到批评的人来说，明智的选择就是同样忘记这回事。

不久以前，当人们还生活在一个稳定、不变的世界中时，思维固化的人在政治生活中可能还有立足之地。他们能提供可靠、实用的服务。然而，当今世界波诡云谲，权力制衡与国家联盟不断变换，经济形势时时发生变化，科技既改变着人们的生活，也对人类的生存构成威胁。我们面临的都是崭新的问题。

过去的二十年里，我们在不知不觉当中完成了一场革命。但是，社会并没有因此发生示威人群的暴力动乱；这场革命在很大程度上是通过人民的认可实现的，在二十世纪三十年代的经济大萧条期间，大部分人都认可了政府对人民负有责任这一事实。我们的资本主义模式发生了巨大变化，人们的观念也有了彻底转变，对于政府就人民福利负有的职能和权责有了全新的认识。

为了适应新的形势，我们对公务员有着新的要求。他们应当拥有随机应变的能力以适应新的变化，应当拥有敏感而开放的心智以把握新的问题、新的形势和新的民族。我们尤其希望他清楚自己的想法，并能清晰、流畅地表达自己的观点。我们需要他有勇气在重大问题上挺身而出并扛起责任。

要想跟上时代，我们已经不可能回头，更别提想保持领先地位。我们不可能再自欺欺人地认为“什么也没变”或是“老办法最好”。往昔一去不复返，我们必须独自面对新的世界。

不仅我们面临这个困境，全世界都面临着同样的困境。各国有预见力的领导都在尽力妥善地处理这个问题。印度——尽管仍是落后的国家之一——却已做出目前最具革命性的改革：从法律上废除了等级制度。当然，改变人们的成见和长期形成的风俗比改变法律要难，因此，等级制度在现实中仍然存在。

但是，变化一点一滴地发生着，新的概念慢慢扎根发芽，逐步被人们接受，并最终成为现实。

数个世纪以来，印度的等级制度已成为了其社会、宗教、经济和政治生活的基础。如果印度连这样的问题都可以着手解决，那么我国也一定能找到愿意以新方法面对新问题的公务员。在与世界各国人民的交往中，我们必须拥有适应新形势的能力。

很多曾经只在国内拥有影响性的事件，如今已具有国际上的重要性，尤其是有关少数族裔的事情。这对我们与其他民族的关系有重要影响。亚非国家新近解放的民族当中，越来越多的人是有色族裔。他们希望获得平等、自由和公正，希望被他人公平对待。如果我们在本国仍然维持两个阶级，这些新获自由的人们不会相信我们对待他们的态度。

拥有尽最大可能去了解人民的意愿，这一点对公务员来说也很重要。我们承担不起无知的代价。缺乏对于人民和形势的了解可能会导致完全错误的政策。

很多年前与赫鲁晓夫的一次长谈中，这一点令我备受折磨。无论我如何据理力争，摆出了多少事实，我始终没法说服他美国工人的生活状况比苏联的要好，生活得也更幸福。他多年来受到的教育一直是“资本主义奴隶”毫无幸福，他们一心盼望着摆脱锁链的那一天。

“看看你们的那些罢工。”他说，“这恰好证明了工人是多么绝望。”

“真绝望的人不会罢工。”我回答他，“大萧条期间就很少有工人罢工。罢工说明工人相信他能改善自己的生活状况。”

赫鲁晓夫并没有被我说服。他始终坚信“资本主义奴隶”的那套理论。他的大量关于西方的观点、政策以及对未来的图景，都是建立在这套理论之上。

在那之后，他曾经来美国访问，亲自了解美国的情况，亲自与农夫、工人以及劳工领袖交谈。现在的他对美国工人有了一些真正的理解。这必然会影响他对世界革命的可能性的判断。

政治机制在不同地方有着不同的运转方式。不过，如果你想在政党中有所作为，你可以从加入地方委员会开始，然后成为县级委员会的委员，再成为州委员会委员。作为对你的工作的回报，你会被任命为州级或全国代表大会的代表，在这些位置上，你会认识更多的人，并对他们的职责有所了解。

有些时候，你会发现政治并不光彩的一面。很多人只对个人利益感兴趣，为了获取利益可以不择手段。了解担当公职的人们承受着多少压力，也是踏入政治生涯要学习的重要事情之一。

贿赂不仅仅是金钱这一种形式，不仅仅是为获得的好处支付费用。它还有可能是对更高职位或更大影响力的隐含承诺。我在奥尔巴尼[①]的早期生活让我明白了为什么爱尔兰人非常善于搞政治。“大提姆”[②]会走到某个同事的桌前，停下脚步说：“你得支持某某的议案，是不是？他是你的朋友。我们必须投朋友一票。”

在他看来，一个人要是不为自己的朋友投票，简直不可思议。议案本身是好是坏根本不在考虑之内，关键在于这个议案

① 美国纽约州的首府。

② 提姆西·苏利文（Timothy Sullivan），1862—1913，纽约政客，当年控制着曼哈顿的包伟利（Bowery）和下东区（Lower East Side）地区。

是由朋友提出来的。

在联合国的时候，当美国就某项政策下定主意时，我偶尔会听到一些盛气凌人的政治顾问说：“我们能拿下某某和某某的票。只要稍微施点压就行。”他们并不会公开威胁，只是暗示对方如果不支持一下朋友，就会产生某种结果。这种做法几乎是靠外交手段完成的，高层根本不知道他们的行为。

还有很多其他的施压办法，如果你成功当选，你自己会慢慢了解它们。

行贿事件时有发生。人们已经把这当成普遍现象，司空见惯地接受了。这种公众冷漠时不时地会被某个事件震醒，人们重新认识到这其中存在的道德问题。对这种行为的集体谴责以及公众舆论的压力能使情况稍有好转。最近的智力竞赛节目丑闻[③]揭示了人们的一种普遍心理：“你也知道，每个人都这么干。”

“每个人”都做的事似乎就是对的事，直到这种行为被公之

③ 二十世纪五十年代，美国的一系列智力竞赛节目被曝存在作假行为，这些智力竞赛节目的制作人向其中的一些参赛者提供秘密帮助，以操控智力竞赛的结果。

于众。随后，公众的集体良知被唤醒，人们审视起这里存在的道德问题。作为个人，他们应当为这种普遍的欺骗行为承担多少责任？人们对此深感忧虑。这其中有多少是明知故犯？

低水平的政治可以是非常肮脏的交易。而如果政治活动出自人性中的高尚部分，它也可以对未来产生深远的激励作用。就像所有领域的人类活动一样，政治的好坏取决于我们选择如何行事。

每个决心从政的人或早或晚都会发现自己面临一个基本问题：我愿意做多少妥协？或许他会不断遇上这个问题，而这只有他自己能够回答。

有一件事是肯定的。在某种程度上，他必须做出妥协。他不可能百分之百地实现自己的理想，只能逐步推动事情前进。但他必须时刻铭记着自己的目标。如果他放弃目标，就会变成纯粹的机会主义者。

人们常常会面临这个选择：是冒着失败的风险坚持自己的原则，还是做出某种妥协以不被打倒，以便仍有机会实现其他目标？

公务员目前存在许多问题：前途的不确定性；收入相对较低；面临各种难题；需要处理严重问题；经常遭受利益交换和妥协的压力；在各个层面都会被人行贿，从公开给予的礼物，到暗中输送的利益。

作为回报，他经常要面对选民的漠不关心或是不合理要求。在很多人眼中，他并不是值得尊敬的公仆，而是各种嘲讽和粗鲁行为的对象。

成为一位优秀的公职人员需要付出巨大的个人牺牲。面对这样的人，我们应当表达自己的感激与尊重之情。